오늘밤은 잠들 수 없어

오늘밤은 잠들 수 없어

미야베 미유키

장편소설

이영미 옮김

문학동네

차례

어른이 되니, 어린 사내아이가 되고 싶다.

_ 조지프 헬러

킥오프

인정은 남을 위한 것이 아니다—옛사람이 이런 말을 했다. 우리 담임선생님은 그 말을 이렇게 풀이해주었다.

"이 속담의 의미는 '괜한 인정을 베풀면 도리어 그 사람에게 도움이 되지 않을 수 있다. 때로는 냉정하게 뿌리치는 것도 사회생활에서는 필요하다'는 것입니다."

그런데 사흘 후, 교감선생님이 굳이 교실까지 와서 이렇게 바로잡았다.

"그 속담의 진정한 의미는 '곤란에 처한 사람에게 인정을 베풀어 도우면 내가 어려울 때 누군가가 도와준다. 세상은 그렇듯 상부상조 정신으로 돌아가니, 남을 위해서가 아니라 나 자신을 위함이라 여기고 인정과 도움을 아끼지 말라'는 것입니다. 알겠지요?"

개인적으로는 어느 쪽으로 해석하든 상관없었고 반 아이들도 같은 생각인 듯했지만, 선생님들에게는 매우 큰 문제였던 모양이다. 그로부터 이 주 정도 지나 우리 담임선생님이 학교를 그만둬버린 걸 보면.

선생님이 떠난 후 우리 반에서는 사흘쯤 냉전 상태가 이어졌다. 밀고자가 속삭이고, 스파이가 방과후 체육관 뒤에서 보고서를 작성하더니, 결국 두 남학생이 바지가 벗겨진 채로 학교 운동장 연못에 처박히는 사건이 발생했다.

이번에도 교감선생님이 찾아왔지만 우리는 아무도 입을 열지 않았다. 말했다가는 다음번에는 자기가 팬티까지 벗겨져서 연못에 처박히는 신세가 되리라는 걸 알고 있었기 때문이다. 물론 나도 입을 꾹 다물었다. 1학년의 앨런 덜레스*가 나의 절친인 이상, 킴 필비**가 되고 싶지는 않았다. 결과적으로 그는 끝이 안 좋지 않았나.

(나는 요즘 CIA의 내막에 약간 의혹을 품고 있다. 엄마가 '해외여행을 간다면 어디 가고 싶니?'라고 물었을 때, '버지니아주 랭글리***'라고 대답한 이유도 그 때문이다. 버지니아주와 캘리포니아주의 위치 관계를 잘 모르는 엄마는 내가 본고장의 비치발리볼을 보고 싶어한다고 해석했다.)

---

* 미국 CIA 국장을 역임한 외교관, 변호사.

** 소비에트연방과 영국의 이중간첩.

*** CIA 본부가 있는 곳.

연못에 처박힌 두 사람의 죄목은 담임선생님의 속담 해석을 "이건 곡해다!"라며 부모에게, 한술 더 떠 교감선생님에게 고자질했다—는 것이다. 안 그래도 담임선생님은 교과서에 나오는 내용을 서슴없이 비판하거나 시험을 보지 않고 보고서로만 성적을 매기는 등 전부터 학교 상부와 대립했던 사람이라, 이번 퇴직은 무르익은 과일이 저절로 떨어지듯 그저 '때가 되어서'였을 뿐인지도 모르지만, 아이들에게는 그런 논리가 통하지 않는다. 아니, 통하지 않는 척한다. 누군가를 연못에 처박는 건 정말로 재밌으니까.

그건 그렇고, 이 사건 자체는 지금부터 내가 하려는 얘기와 직접적인 연관이 없다. 다만 나중에 돌이켜보면 '인정은 대체 누구를 위해 베푸는 것일까?' 하고 골똘히 생각하게 만든 사건이었다—싶어서 잠깐 언급해본 것이다.

"인정 같은 건 이 세상에 없어."

내 절친이자 1학년의 앨런 덜레스인 시마자키 도시히코는 은테 안경을 번쩍거리며 그런 말을 내뱉었다. 그 녀석 같은 아들이 있으면 부모 입장에서 가끔—정말로 가끔—그런 생각이 들지도 모른다. 솜씨 좋은 이발사인 그애 아버지는 시마자키가 신년 휘호로 '권모술수權謀術數'를 써왔을 때 멱살을 잡고 벽장에 처넣었다고 하니까.

그렇지만 내 의견은 조금 다르다. 지금부터 이야기하려는 사건을 통해 나는 이 세상의 인정이라는 것을 분명히 느꼈고, 스스로 베풀기도 했다.

그렇다, 베풀었다. 왜냐하면 내가 만난 인정이라는 녀석은 주사위처럼 생겨서, 던져보지 않고는 어느 면이 나올지 알 수 없었기 때문이다. 그래서 나는 주사위를 던졌고, 승부를 걸었다.

이 이야기는 그 도박의 전말이다.

전반전

1

먼저 우리집을 찾아온 한 남자의 이야기부터 시작하자. 맨 처음에 뽑은 특대 스페이드 에이스 이야기부터.

그 남자는 행운의 신치고는 좋은 인상이 아니었다. 보물선을 타고 있지도 않았다. 그가 찾아온 것은 7월 6일, 아직 장마가 끝나지 않아 잔뜩 찌푸린 토요일 오후였다. 이런 계절 역시 행운의 신과는 어울리지 않는다.

그는 또한 애주가의 특징인 불그레한 얼굴이었지만 (사실은 술을 전혀 못 마셨으니) 술의 신도 아니었다. 그렇다고 가난의 신이라고 하기에는 옷차림이 너무 좋았고, 게다가 뚱뚱하기까지 했다.

이도 저도 아니었던 그 남자는 바로 변호사였다.

"네…… 마에카와 법률사무소에서 오셨군요."

엄마는 거실 탁자 위에 놓인 명함을 묘하게 진지한 표정으로 바라보았다. 무수분냄비나 거위털이불을 팔러 온 세일즈맨을 제외하고, 정중하게 명함을 내밀고 인사하는 사람을 만난 것이 너무 오랜만이라고 느끼는 듯했다. 예전에는 그렇지 않았는데—라고 생각하는 것 같기도 했다. 엄마는 옛날에 비서 일을 했다고 하니까.

엄마와 아빠는 결혼 십오 년째. 두 사람의 결혼식 기념사진을 꺼내려면 우선 옷상자 두 개, 쓰지 않지만 버리기도 뭣한 선풍기 한 대를 벽장에서 꺼내야 한다. 이어서 안쪽 벽으로 밀어붙인 서랍장의 맨 위 서랍을 열고, 먼지와 나프탈렌냄새에 눈을 끔벅거리며 내 갓난아기 때 사진을 모아둔 앨범을 들어내야 간신히 결혼사진에 손이 닿는다.

그때까지는, 내가 아는 한, 엄마가 그런 수고를 무릅써가며 사진을 꺼내본 기미가 없었다. 그게 좋은 뜻인지 나쁜 뜻인지는 판단을 미뤄두겠다.

"그, 마에카와 선생님은 제게 용건이 있어서 오신 거죠?"

"그렇습니다. 그쪽이 오가타 사토코 씨가 틀림없다면요."

"그건 틀림없어요." 엄마가 진지한 표정으로 대답했다.

"그런데, 남편분도 동석해달라고 앞서 전화로 말씀드렸을 텐데요."

그렇다면 엄마는 이 변호사 선생님이 집에 올 것을 미리 알고 있었다는 건가. 그건 좀 의외였다. 그런데 왜 나한테는 아무 말도 안 했을까.

더군다나 아빠한테도. 아빠는 한 시간 전쯤 골프가방을 들고 하천부지에 있는 연습장에 갔다. 엄마는 그때 전혀 붙잡지 않았다.

변호사 선생님 물음에 엄마가 웃으며 대답했다. "그게, 제가 옛날 직장 다닐 때 일이라면 남편은 전혀 모를 거라서—"

"그럼, 남편분은 지금 외출하셨나요?" 마에카와 선생님이 눈치 빠르게 알아채고 곤란한 표정을 지었다. "꼭 동석해주셨으면 합니다. 가능하다면, 아드님도……"

그러고는 돋보기안경(아마 그럴 것이다)을 고쳐 쓰고, 들고 있던 서류를 팔랑팔랑 넘겼다.

"자제분은 현재 중학교 1학년인 마사오 군 한 명 맞죠?"

엄마는 놀란 듯했다. "그런 것까지 조사하셨나요?"

선생님이 고개를 끄덕였다. "네, 당연하죠."

"아니…… 왜 그렇게……"

"그래서 전화로 말씀드린 겁니다. 사모님뿐 아니라 가족 모두와 관련된 중요한 용건이라고요."

엄마는 꽤 당황했는지 집게손가락으로 코끝을 긁적였다.

"하지만, 정말 몰라요. 전화상으로는 제 결혼 전 일과 관련된 얘기라고 하셨잖아요? 그러면 남편이나 아이랑은 관계없을 줄 알고."

변호사 선생님은 안경을 벗고, 통통한 손을 깍지 껴 무릎 위에 얹은 후, 둥그런 턱을 당기고 엄마 쪽으로 몸을 내밀었다.

"전화상로는 그 이상 말씀드릴 수 없었습니다. 갑자기 다 얘기해버리면 절대 믿지 않으셨을 테니까요. 장난전화인 줄 알고 그냥 끊어버리면 제가 난처해지고요."

"장난으로 여길 만한 얘기인가요?"

"맞습니다."

"대체 무슨 일이람."

"사모님." 마에카와 선생님이 한숨을 내쉬었다. "부디 남편분을 불러주시죠. 혹시 멀리 나가셨다면 나중에 다시 찾아뵙겠습니다. 그 정도로 중요한 용건입니다."

그 진지한 말투를 듣고서 엄마는 비로소 심각해진 듯했다. 신문 구독을 권하는 수많은 영업사원을 격퇴하면서 길러온 영혼 없는 표정이 슬며시 뒤로 물러났다.

"마사오! 마짱!"

몸을 뒤로 젖히듯이 돌아보며 어깨 너머로 나를 불렀다.

"부엌에 있지? 내 말 들리니? 마짱!"

짐작하신 대로, 나는 부엌에 있었다. 오랜만에 축구부 연습이 없는 토요일이라 늘어지게 늦잠을 자고 일어나 늦은 아침을 먹는 중이었지만, 식탁에 앉아 있지는 않았다. 한 손에는 토스트, 다른 한 손에는 토마토주스 잔을 들고, 거실로 통하는 문에 바짝 달라붙어 틈새로 엿보고 있었던 것이다.

나는 살며시 식탁으로 돌아가 토스트를 내려놓고, 주스를 한 모금 마신 뒤, 방금까지 식사에 열중했던 척하며 다시 문 옆으로 다가갔다.

"왜?"

얼굴을 내밀자마자 마에카와 선생님과 눈이 딱 마주쳐버렸다. 순간 들켰다 싶었다. 저 선생님, 내가 엿들은 걸 아는 게 분명해.

"미안하지만 아빠 좀 불러올래? 원샷 클럽에 갔을 거야."

"응." 나는 고개를 끄덕였다. "아까 나가는 거 봤어."

"미안, 얼른 다녀와. 자전거로 가면 금방이잖아, 그렇지?"

"뭐라고 하면 돼?"

변호사 선생님이 말없이 씩 웃었다. '다 들었으면서' 하는 표정으로.

"중요한 얘기가 있다고 해. 손님 오셨다고 하고."

그때 처음으로 눈치챘다. 엄마의 밝은 표정 너머에 가시 돋친 무언가가 숨어 있다는 것을. 눈초리가 굳어 있었다.

가슴이 철렁하는 눈빛이었다. 엄마의 아버지, 즉 나의 외할아버지가 간암으로 살날이 얼마 남지 않았다는 진단을 받았을 때 저런 얼굴로 돌아왔었지. 작년에 아빠가 회사 건강검진에서 문제가 있으니 정밀검사를 받으라는 결과가 나왔을 때도 저런 눈빛을 지었더랬다. 위궤양 초기라 약으로 치료할 수 있다는 말을 들을 때까지도 가끔.

경기중에 갑자기 심판에게서 옐로카드를 받았을 때와 비슷한 기분이었다(그래봐야 나는 아직 자체 평가전에 나가본 게 전부지만). 경고. 주의해라!

"갔다올게"라고 나는 말했다.

하천부지에 자리잡은 골프 연습장 '원샷 클럽'은 언제 가도 붐빈다. 거대한 그물로 둘러싸인 2층 건물에 연습 타석이 80석. 그것과 등을 맞대듯이 반대 방향에 만들어놓은 연습용 벙커 두 개. 우리집에서는 자전거로 이십 분 정도 거리다.

특유의 초록색 그물망이 멀리서도 잘 보인다. 그 정도로 높고 큰 그물망이다. 점보 오자키*가 올 일도 없으니 과잉 설비가 분명했지만, 아빠 말에 따르면 그 그물망이 홍보 역할도 하고 있으니 상관없다고 한다.

클럽하우스 프런트의 예쁜 누나에게 안내방송을 부탁하자 "직접 가서 찾아봐, 꼬마야"라고 툭 던지듯 말했다. 나는 로비를 가로질러 타석으로 향했다. 그리고 1층 열다섯번째 타석에서 아빠를 발견했다.

아빠는 뜬금없이 코치 행세를 하고 있었다.

아빠한테 백허그를 받으며 같이 골프채를 쥐고 있는 사람은 분

* 일본의 유명 프로 골퍼 오자키 마사시의 별명.

홍색 골프복을 입고 찰랑거리는 긴 머리를 어깨까지 늘어뜨린 여자였다. 물론 젊은 여자라는 건 말할 필요도 없다. 내가 요즘 들어 자주 꾸는, 남에게는 말하기 힘든 꿈에 등장해주면 좋겠다 싶은 탄탄한 몸매의 소유자였다.

나는 그대로 돌아서서 프런트로 돌아왔다. 예쁜 누나는 로비에 모여 있는 대기 손님들은 거들떠보지도 않고 유유히 손톱을 다듬고 있었다.

"죄송한데, 아무래도 안내방송을 해주셔야겠어요."

"어머. 못 찾았니?"

"아빠가 당황해서 쩔쩔매는 모습을 보고 싶지 않아서요. 난 아직 어리니까."

"우리 아빠는 내가 태어났을 때부터 쩔쩔매기만 했어. 하여간—"

그렇게 말하며 누나가 핸드마이크를 집어들었다. 빠른 말투로 두 번 "오가타 유키오 씨, 오가타 유키오 씨, 프런트로 와주시기 바랍니다"라고 방송한 후, "아기가 태어날 만한 짓을 한 기억이 없다나"라고 말을 맺었다.

"몽유병이었어요?"

"아니. 우리 엄마가 성모마리아였던 거지."

그때 아빠가 왔다. 한 손에는 여전히 장갑을 끼고 있었다. 바로 나를 알아봤다. 기분 탓인지 살짝 당황한 듯 보였다.

"뭐야, 마사오였구나. 무슨 일이야?"

"집에 변호사 선생님이 오셨어요."

때로는 단순한 사실만큼 뛰어난 웅변이 없다(학교 수업시간에 들은 말이다. 출처는 잊어버렸지만). 고급 레스토랑 바닥을 기어가는 바퀴벌레를 발견하고 한순간 대화가 끊기는 것처럼, 아빠 얼굴에서 순식간에 표정이 사라졌다.

"뭐라고?"

"나도 잘 모르겠어요. 어쨌든 엄마가 바로 들어오시래요. 중요한 얘기가 있다고."

다시 한번 "뭐라고?"를 되풀이한 후에야 아빠는 간신히 제정신으로 돌아왔다.

"잠깐 기다려. 아빠 금방 올 테니까. 알았지?"

그리고 잰걸음으로 타석 쪽으로 사라졌다.

저렇게 당황하는 걸 보니 심상치 않았다. 아빠가 코치해주던 그 여자가 오늘 우연히 옆 타석이었던 게 아니라, 늘 나란히 서서 연습하려고 미리 시간을 맞춰 이곳을 찾아온다—는 가능성을 나는 신중하게 생각해봤다.

그리고 그것과, 집에 변호사가 와 있는 사실의 연관성을.

프런트의 예쁜 누나를 올려다봤다. 카운터에 팔꿈치를 괴고 손등을 위로 향한 채 손질한 손톱을 말리고 있다.

'다 들었어' 하는 표정이었다.

"집에 변호사 선생님이 오시다니, 대단하죠?" 나는 말해보았다. "대체 무슨 일일까 싶지 않아요?"

프런트의 누나는 "그렇네"라고 말했다.

"저기요, 혹시 두 사람이 항상 옆 타석에 들어갈 수 있게 따로 예약할 수 있어요?"

누나는 바로 "아니"라고 대답했다. "안 돼."

"그렇구나."

"하지만 같이 오면 나란히 배정해주지." 그렇게 말한 누나가 오른손 손톱에서 보이지 않는 먼지를 훅 불어냈다. "로비에서 만나 같이 접수하러 와도 마찬가지고."

"그렇구나." 나는 고개를 끄덕이고 다시 한번 누나를 물끄러미 쳐다봤다. 찬찬히 보니 나보다 한참 어른은 아니었다. 같은 틴에이저에서 하이와 로의 차이일 뿐. 그런데도 이 사람은 여기 앉아서 우리 엄마보다 훨씬 다양한 것들을 보고 듣는 것 같았다.

"분홍색 골프복을 입은 여자 말인데요."

내가 말하자 이번에는 누나가 "그래" 하며 고개를 끄덕였다.

"그 사람은, 처음부터 너네 아빠랑 일행으로 보였어."

"같이 온 게 몇번째예요?"

내가 묻자 누나는 말없이 한 손을 올렸다. 하얗고 가느다란 다섯 손가락.

"같이 나간 건요?"

누나가 살짝 웃었다. "그건 꼬마가 더 잘 알 텐데?"

나는 생각했다. 아빠가 나갔다가 밤늦게까지 돌아오지 않았던 일요일—

그 사실을 다른 누구보다 잘 아는 사람은 엄마였다.

"나 좀 격려해줄 수 있어요?"

프런트 누나는 턱을 괴고 몸을 내밀더니 목소리를 낮춰 이렇게 말했다.

"꾹 참고, 공부해. 학교 졸업하면 기숙사 딸린 큰 회사에 들어가. 그러면 부모의 이혼 따위는 네 생활과 아무 상관 없어."

"고마워요."

내가 그 교훈을 곱씹고 있는데, 아빠가 돌아왔다.

2

자동차 트렁크에 자전거를 싣고 아빠와 함께 집으로 돌아오니, 오래된 아파트 2층에 있는 우리집 문 주변에 암운이 드리워 있었다. 평화로운 가정에 걸린 운명의 먹구름. 학교에서 배우는 관용구가 진실이었음을 발견한 나는 엉겁결에 우뚝 멈춰 서고 말았다.

아빠가 신음했다. "저게 뭐야."

그렇다면 아빠도 이 암운이 보이는 것이다. 레토릭이 아니라.

현관으로 뛰어들어가자 엄마가 얼굴을 찡그리고는 심하게 콜록거리며 부엌 창문을 활짝 열어젖히고 양손으로 연기를 내모는 몸짓을 하고 있었다. 내 얼굴을 보자마자 버럭 소리를 질렀다.

"마사오! 어휴, 우유 냄비를 불에 올려둔 채로 나가면 어떡해!"

뭐야, 그런 거였나. 까맣게 잊어버렸다. 나는 한여름 더위에도 찬 우유를 마시면 초특급으로 배탈이 나서 늘 따뜻하게 데워서 마신다.

"엄마가 무서운 얼굴로 빨리 아빠 불러오라고 하니까 그렇지."

그러자 아빠가 또 움찔하며 긴장했다.

"어쨌거나 불이 안 나길 천만다행입니다."

우리가 거실에 자리잡고 앉자 마에카와 선생님이 이마의 땀을 훔치며 말했다. 속으로는 뭐 이렇게 어처구니없는 가족과 얽혀버렸나 하고 있겠지.

"그런데 말이죠—"

크흠 헛기침을 하고 마에카와 선생님이 말문을 열려는 찰나, 엄마가 가로막고 나섰다. 이 순간을 기다렸다는 분위기였다.

"선생님, 먼저 짚고 넘어가고 싶은데요……"

"네? 뭡니까?"

"남편과는 어떤 계약을 하셨나요?"

"계약요?"

"네, 그래요. 남편의 의뢰를 받고, 이혼 얘기를 꺼내려고 이렇게 찾아오신 거죠? 제 결혼 전 일과 관계있는 중요한 얘기라니, 말도 안 되는 핑계는 이제 그만하세요. 저도 다 알고 있으니까요."

마에카와 선생님은 가는 눈을 휘둥그레 떴다. "사모님, 그게 무슨—"

엄마가 정색하며 받아쳤다. "시치미떼지 마세요. 이혼 얘기를 하러 왔잖아요. 그런데 처음부터 솔직하게 말하면 내가 상대도 안 해줄 것 같으니까 그럴듯하게 꾸며낸 거잖아요? 이제 온 가족이 모였으니 사실대로 말해도 상관없어요. 자, 해보시죠!"

이번에는 아빠가 거품을 물었다. "이봐, 사토코, 당신 지금 무슨 소릴 하는 거야?"

엄마는 경비견이 도둑에게 달려드는 듯한 기세로 아빠를 마주 보았다. "당신까지 그렇게 시치미뗄 거야? 진짜, 이렇게 비겁한 수법으로 변호사까지 불러들이고! 설마 내가 당신과 그 여자의 관계를 모를 줄 알고—"

아빠가 몸을 내밀어 엄마를 막아섰다. 무서운 표정으로 나를 힐끗 보더니 소리쳤다.

"바보 같은 소리 하지 마! 마사오가 보고 있어!"

"뭐 어때! 다른 누구보다도 마사오와 관계있는 일이야!"

그렇게 울부짖은 엄마는 끝내 울음을 터뜨리고 말았다. 얼이 빠진 아빠와 쿠션에 얼굴을 파묻은 엄마를 번갈아 보면서 내가 말했다.

"난 괜찮아."

아빠가 나를 돌아보았고, 마에카와 선생님이 여전히 휘둥그레 뜬 눈으로 내 쪽으로 고개를 돌렸다.

"괜찮다니, 뭐가?"

나는 아빠 가까이 다가가 속삭였다. "분홍색 골프복."

파르스름한 면도 자국이 남아 있는 아빠의 턱이 아래로 툭 떨어졌다. "너……"

나는 마에카와 선생님에게 말했다. "변호사 선생님, 저는 지금까지 엄마 쪽에서 아빠한테 이혼 얘기를 꺼내려고 선생님을 부른 줄 알았어요. 저한테 충격을 주지 않으려고 일부러 다른 용건으로 온 척한 거라고요. 그게 아니었어요?"

아빠가 허둥거리며 중얼거렸다. "나도—실은—그렇게 생각했어."

고개를 든 엄마가 "뭐라고?"라며 울먹거렸다.

세 사람의 시선을 한몸에 받은 마에카와 선생님은 입을 다문 채로 천천히 오른손을 들어 눈썹을 문질렀다. 놀라서 눈을 너무 크게 뜨는 바람에 양쪽 눈썹이 이마 쪽으로 밀려올라가지는 않았는지 걱정하는 눈치였다.

희끗희끗한 눈썹이 자리에 잘 붙어 있음을 확인한 변호사 선생님이 손을 내리고, 다시 한번 헛기침을 하고 이렇게 말했다.

"저는 부인의 의뢰를 받지 않았고, 남편분과도 계약하지 않았습니다."

그리고 더 정확히 하려는지 "너한테도 고용되지 않았지" 하며 나를 보고 확인했다. 나도 고용한 기억이 없으니 고개를 끄덕였다.

"저는 말입니다, 여러분." 마에카와 선생님이 말했다.

"사와무라 나오아키 씨의 의뢰를 받고 찾아뵌 겁니다."

"사와무라 나오아키?"

우리 세 사람은 이구동성으로 따라 했다. 돌이켜보면 그 이름을 들었을 때의 놀라움은 제각각 달랐을 테지만, 그때는 이구동성처럼 들렸다.

직업적 특성이라고 할까, 마에카와 선생님은 자기 페이스를 잡고 나니 한결 여유만만해졌다. 싱긋 웃고는 엄마에게 말했다.

"사모님은 기억하고 계실 텐데요? 사와무라 씨를."

엄마는 뺨에 눈물 자국이 난 채로 멍하니 있었다.

"먼저 간단히 설명드리자면."

지레짐작이 심한 우리를 위해 마에카와 선생님이 서론을 꺼냈다.

"사와무라 나오아키 씨는 이십 년 전, 부인에게 어떤 일로 도움을 받은 적이 있는 인물입니다. 그리고 그 도움을 줄곧 고맙게 여겼고요. 세상을 뜨기 직전까지 똑똑히 기억하고 있었죠."

힐끗 보니 엄마가 양손을 입가에 대고 있었다.

"기억났어?" 아빠가 묻자 그 눈을 한 번 바라본 후 "응" 하고 엄마는 대답했다. "그분이 돌아가셨어요?"

"네, 돌아가셨습니다. 올해 4월 16일에. 폐암이었죠. 건강에 각별히 신경쓰시던 분이라 담배도 안 피웠는데, 아이러니합니다."

엄마는 이미 자기만의 세계에 빠져버린 듯한 표정으로 허공을 바라보며 중얼거렸다. "하지만…… 아직 그럴 만한 나이가 아니었을 텐데……"

"쉰다섯이었습니다. 실로 애석한 일이죠."

한동안 애도 깃든 침묵이 흘렀다. 아빠가 나지막이 입을 열었다.

"그런데 그게 어쨌다는 겁니까? 아내의 옛 지인이 돌아가신 게 우리와 무슨 관계가 있나요?"

"있습니다." 변호사 선생님이 자신 있게 대답했다. "그래서 제가 이 자리에 있는 겁니다."

"그게 뭔데요?"

"여러분이 다 모이지 않으면 알려드릴 수 없고, 쉽게 믿음이 갈 얘기가 아니라고 거듭 말씀드렸던 데는 그럴 만한 이유가 있습니다."

마에카와 선생님이 엄마에게 말했다.

"사모님, 옛날에 사와무라 씨를 도와드렸을 때, 그분이 고마워하면서 '이 은혜는 잊지 않겠다, 나중에 내가 한몫 잡으면 당신에게도 반드시 뭔가를 남겨주겠다'고 말했던 걸 혹시 기억하시나요?"

이번에는 아빠와 내가 눈을 부릅뜨고 엄마를 쳐다볼 차례였다.

"사토코, 여보, 그런 일이 있었어? 뭘 어떻게 도왔는데?"

"자자, 그 얘기는 나중에 천천히 하시고."

마에카와 선생님이 웃으며 말하자 엄마가 고개를 끄덕였다.

"네. 기억해요. 하지만……"

변호사 선생님이 웃었다. "설마 정말로 그럴 줄은 상상도 못했다, 그런 말씀이죠?"

엄마가 다시 고개를 끄덕였다.

이야기의 가닥이 서서히 잡히는 것 같았다. 솔직함을 숨기지 못한 아빠가 침을 한 번 꿀꺽 삼키고 말했다.

"그러니까, 그 뭐냐, 사와무라라는 사람이 제 아내의 은혜를 잊지 않고, 아내 앞으로 무슨 유산이라도 남겼다는 말입니까?"

마에카와 선생님은 차분했다. "맞습니다. 정확하게는 '유증'이겠죠. 사모님은 사와무라 씨의 혈육이 아니니까요."

아빠가 "허허" 하는 소리를 냈다.

"난…… 진담으로 받아들이지 않았는데." 엄마가 또 꿈꾸듯이 중얼거렸다.

"사와무라 씨는 매우 유능한 사업가였지만 굴곡 많은 인생을 살았습니다. 끝내 결혼도 하지 않고 자녀 없이 세상을 뜨셨죠. 부모님은 고인이 된 지 오래고, 형제자매도 없습니다. 다시 말해 사업을 이어받을 혈육이 없는 셈이죠. 그래서 살날이 얼마 남지 않았음을 알았을 때, 모든 사업과 자산을 매각해 현금화해버렸습니다."

우리 세 사람은 "허어" 하고 감탄했다.

"다시 한번 말씀드립니다만, 사와무라 씨에게는 부모도, 아내도, 자녀도, 형제자매도, 물론 손주도 없습니다. 직계존속도, 배우자도, 직계비속도, 대습상속할 사람도 없죠. 먼 친척들은 있지만, 이 나라는 친족무한상속주의를 택하지 않았기 때문에 그들에게는 상속인 자격이 없습니다. 그래서 이런 경우, 그냥 두면 모든 재산이 국고로 귀속됩니다."

아빠가 다시 침을 삼켰고 엄마는 눈가에 남은 눈물을 훔쳤다.

"그래서 사와무라 씨는 유언을 남겼습니다. 공정증서유언이라는 것인데, 검인 수속도 필요 없이 이 상태 그대로 유효한 유언장입니다. 저는 그분 생전에 고문변호사였던 연이 있어 유언집행자로 지정되었습니다. 그리고 사와무라 씨는 유언장에 사모님, 당신에게 재산을 전액 유증한다고 쓰셨습니다. 이해가 되시나요?"

우리 모두 '이해가 되시는' 중이긴 했지만, 믿기지는 않았다.

"그래서 그…… 사와무라라는 사람이 아내에게 얼마를 남겼습니까?"

편들려는 건 아니지만, 그렇게 묻는 아빠가 나는 부끄럽지 않았다. 나 역시 너무 궁금해서 소리지르기 일보직전이었으니까.

"세금—이게 상당히 큽니다만—, 그리고 이런저런 경비를 제하고, 순수한 실수령 금액을 말씀드리면—"

변호사 선생님이 빙그레 웃으며 오른손을 들고, 손가락 다섯 개를 펼쳐 보였다. 의미는 다르지만 아까 원샷 클럽 프런트의 누나가 그랬던 것처럼.

"오천만 엔인가요?"

몸을 내미는 아빠와 넋이 나간 엄마에게 마에카와 선생님이 천천히 고개를 저어 보였다.

"아뇨. 오억 엔입니다."

3

속칭 '방랑의 투기꾼'. 사와무라 나오아키는 그런 인물이었다.

"에이, 말이 사업이지 결국 주식 투자를 한 거잖아."

다음날. 방과후 옥상에서 난간에 기대며 시마자키가 말했다.

"계속 혼자였대." 난간에 팔꿈치를 걸친 내가 말했다. "회사도 안 차리고, 발 닿는 대로 떠돌아다녔나봐."

시마자키가 안경 위치를 바로잡더니 후후 웃었다. "떠돌아다녀봤자 어차피 가부토초* 안이었을 텐데? 투기꾼이 장을 떠났을 리도 없고. 너무 낭만적으로 받아들이지 마라."

나는 발끈했다. "그래도 대단하지 않냐? 혼자만의 힘으로 오억

* 도쿄 증권거래소의 소재지이자 속칭.

엔이나 되는 재산을 남겼어. 세금을 안 뗐으면 훨씬 많이, 두 배는 더 됐을걸. 사내대장부의 인생을 바쳐 그 큰돈을 모은 거라고."

"십억 엔이라 쳐도, 기관 투자가는 콧방귀 뀌듯이 운용하는 금액인걸." 시마자키는 태연했다. "이제는 개인의 시대가 아니야. 조직이 있어야지."

"넌 정말 밥맛없는 놈이야."

"그냥 객관적일 뿐인데." 시마자키가 난간을 잡고 몸을 쭉 펴더니 살짝 걱정스러운 눈빛으로 나를 보았다. "얼굴이 안 좋네. 하룻밤새 억만장자가 된 집안의 아들 같진 않은데. 왜 그래?"

이런 면을 보면, 절대 나쁜 녀석은 아니다.

"잠을 못 잤어."

"너무 흥분해서?"

"그렇기도 하지만……"

어제 마에카와 변호사 선생님이 돌아간 후, 엄마아빠와 나는 일시적으로 완전히 기진맥진해져버렸다. 각자 거실 바닥이나 의자에 털썩 주저앉아 서로 다른 방향을 바라보고 있었다. 엄마는 북극을, 아빠는 남극을, 그리고 나는 적도 언저리를. 저녁때 옆집 마사오카 씨네 아주머니가 돌림판을 들고 와서 열린 현관문으로 고개를 빠끔히 들이밀고 어둑한 실내를 들여다보며 "오가타 씨— 정전됐어요?"라고 말을 걸어주지 않았더라면, 오늘 아침까지도 그러고 있었을지 모른다.

그후 엄마는 사와무라 나오아키라는 사람과 무슨 일이 있었는지 띄엄띄엄 설명해주었다.

"이십년 전—아직 추위가 풀리지 않았을 때였어. 아마 1월 말쯤일까." 엄마는 그렇게 이야기를 시작했다.

당시 엄마는 만 열아홉 살. 고향에서 고등학교를 졸업하고(엄마는 군마현 구라시키라는 고장 출신이다. 외할아버지와 외할머니, 외삼촌 부부는 아직 그곳에 살면서 슈퍼마켓을 하고 있다), 혼자 상경해서 비서직 직업전문학교에 다니던 시절이었다. 아직 아빠를 만나기 전이었고, 다른 남자친구도 없었다고 한다.

"요즘 애들과 다르게 당시 학생들은 모두 가난했어. 엄마도 아르바이트를 하면서 빠듯하게 살고 있었지."

그 무렵 엄마가 살았던 다세대주택의 이름은 '이사카장莊'. 에도가와 제방 밑에 있는, 이른바 문화주택*을 다세대주택으로 개조한 건물인데, 살기에 큰 불편은 없었지만 이름이 화근이었는지** 집주인과 세입자 사이에 분쟁이 끊이질 않아서 툭하면 사는 사람이 바뀌었기 때문에 이웃과의 교유는 거의 없었다. 엄마는 스물다섯 살에 결혼할 때까지 이사하지 않고 버텨서 결국 '이사카장'의 최장부도거리*** 기록 소유자가 되었지만, 그동안 알게 된 세입자는

---

* 1920년대에 유행한, 일본 전통가옥에 서양식 주택을 접목한 건축물.

** '이사카'는 말다툼이나 언쟁을 뜻하는 '이사카이'와 발음이 비슷하다.

*** 스키점프 경기에서 넘어지지 않고 착지한 거리 중 가장 먼 거리.

단 한 명이었다.

그 사람이 바로 사와무라 나오아키 씨였던 것이다.

"엄마 집 바로 왼쪽인 205호에 살았어. 언제 이사왔는지도 모를 정도로 조용한 이웃이었지."

엄마가 그 사람과 처음 마주친 것은 어느 날 밤늦게 목욕탕에 다녀오던 길이었다. 그는 건물 바깥계단 중간에 앉아 있었다—정확하게는 반쯤 쓰러져 있었다. 엄마는 몹시 난처했다.

"그전에도 가끔 얼굴은 봐서 옆집 사는 사람인 건 알았지만, 대화를 나눠본 적도 없었고, 무엇보다 당시 엄마 눈에는 완전히 아저씨였어. 솔직히 말해서 불편했지."

처음에는 술에 취한 줄 알고, 상관 않고 몰래 지나가려 했다. 그런데 술냄새가 나지 않는데다 어스름한 가로등 불빛 아래에서도 얼굴색이 백지장처럼 창백하다는 걸 알아채고 엄마는 결심했다. 말을 걸어본 것이다.

"저기요? 하고 불러도 대답이 없는 거야. 이런 데서 잠들었다가는 얼어죽겠다 싶어서 머뭇머뭇 어깨에 손을 얹었는데—"

상대가 실신한 상태라는 것과 왼쪽 어깨부터 옆구리까지 축축하게 젖어 있다는 걸 알아챘다. 비가 아니다. 피를 흘린 것이다.

"머릿속이 까매졌어. 뭐라고 말도 안 나오더라고."

들고 있던 목욕가방을 떨어뜨리는 바람에 샴푸며 빗이며 수건이 계단 위로 와르르 쏟아졌고, 그중 하나가 쓰러져 있던 남자의 몸에 닿았다. 그제야 정신이 든 남자가 눈을 힘없이 깜박거리며 엄마를 올려다봤다.

"구, 구, 구, 구급차—"

부를까요, 하는 엄마에게 부상자는 말없이 고개를 젓더니, 성가시다는 듯이 손을 들고 '저리 가'라는 시늉을 했다고 한다.

지금도 그렇지만, 우리 엄마는 제법 삐딱한 구석이 있다. 어떤 다툼이 생겼는데 당신과는 상관없으니 빠지라는 식으로 나오면 되레 발끈해서 더 나서고 만다. 그래서 학부모회 임원도 자주 떠맡는다. 주위 누군가가 엄마의 그런 성격을 제대로 간파한 것이다, 틀림없이.

그때도 상대가 뿌리치자 엄마의 고집이 발동했다.

"하지만 다쳤잖아요"라고 말했다고 한다. 부상자는 조금 전보다 훨씬 거친 몸짓으로 다시 한번 '저리 가'라고 했다. 그야말로 불길에 기름을 끼얹은 격이었지만.

엄마는 그 사람 옆에 웅크리고 앉아서 말했다.

"아저씨, 205호에 살죠? 일단 집까지 데려다줄게요. 여기서 죽으면 곤란해요. 나중에 청소하기 힘들단 말이에요."

말이 끝나기가 무섭게 부상자의 몸을 붙잡고, 어찌어찌 일으켜서 질질 끌다시피 계단을 올라갔다. 스무 살 안팎의 여자가 축 늘어진 성인 남자를 옮기는 것이 수월했을 리 없으니, 그 사람도 아마 죽을 맛이었을 것이다. 실제로 나중에 자세히 살펴보니 아무래도 그때 생긴 것 같은 멍자국이 두 군데나 있었다고 한다.

부상자를 마구 다그쳐서 열쇠를 꺼내게 한 뒤 문을 열었다.

"깜짝 놀랐어. 집안에 가구라고 할 만한 게 전혀 없는 거야. 석유난로 하나만 덩그러니 놓여 있고. 그래도 방바닥이나 벽지는 깨끗했어."

그를 바닥에 눕히고 엄마는 전화기를 찾았다. 여전히 구급차를 부를 생각이었던 것이다. 그런데 정작 부상자는 엄마에게 또 '돌아가'라고 했다고 한다.

"댁 같은 아가씨가 상관할 일이 아니라면서."

그렇지만 엄마 입장에서는 그대로 내버려두고 나올 수 없었다. 밝은 데서 보니 다친 곳이 생각보다 훨씬 심해서, 그냥 두면 정말로 죽을지도 모른다 싶었다고 한다.

"여기서 아저씨가 죽어버리면, 내가 무슨 죄를 덮어쓸지 모르잖아요."

순간적으로 떠오른 말을 내뱉자 빈사 상태의 부상자가 웃음을 터뜨렸다.

"지금 웃을 때가 아니라고요!" 엄마가 화를 내자 그는 살짝 진지한 표정으로 생각하다가 이렇게 말했다.

"시키는 대로 안 하면, 정말로 웃지 못할 사태가 벌어져."

"그러니까 구급차를 부르자고요."

"구급차는 곤란해. 그리고 경찰도."

그제야 엄마도 알아차렸다.

"총상인 거죠……"

그쯤 되면 시키는 대로 집으로 돌아가서 모른 척하는 것이 가장 안전하다. 그러나 엄마는 그럴 수 없었다.

"누구라도 그랬을 거야. 그 사람이 척 보기에도 조폭 같았다면 얘기가 또 달라지겠지만, 그렇지는 않았거든……"

그래서 엄마는 물었다. "그럼 어떡해요? 나도 찝찝하단 말이에요. 옆집에서 사람이 죽어가는데, 아무렇지 않게 헤어롤 말고 텔레비전이나 볼 사람이 못 된다고요, 나는."

그런데도 부상자는 여전히 한참 망설였다고 한다. 그러는 중에도 출혈은 점점 심해져서 엄마는 안절부절못하고 몇 번이나 구급차를 부르려고 일어섰다나.

"그럼, 하나만 부탁하지."

그 말을 엄마는 받아들였다. 자기가 알려주는 번호로 전화해달라는 부탁을.

"누가 받으면 '사와무라의 대리인인데, 지금 바로 와달라'고 하면 된다는 거야. 만약 아무도 안 받으면 포기하고 집에 가서 이불 덮고 잠이나 자라면서."

엄마는 시키는 대로 했다. 처음 건 전화는 아무도 받지 않았다. 두번째도 마찬가지였다. 투덜거리며 세번째로 걸자, 이번에는 연결이 되었다. 자다 깬 듯한 남자 목소리가 알았다고 하고는 바로 전화를 끊었다. 그러자 부상자가 말했다.

"이제 됐어. 고마워."

그리고 다시 엄마를 내쫓으려 했다. 이번에는 엄마도 일단 그 말을 따랐지만, 집에서 낡은 수건 두 장을 챙겨서 다시 205호로 돌아갔다고 한다. 쉽게 발끈하는 성격이지만 심성은 착하고, 약간 오지랖이 넓은 편이다.

"지혈하는 방법을 모르니 그냥 누르고만 있었지."

그래도 아무것도 안 하는 것보다는 낫겠지란 심정이었다. 부상자는 어이없어하는 것 같았지만, 그쯤에는 기력이 거의 바닥나서 투덜거리지는 않았다.

"그렇게 삼십 분쯤 지났는데, 오십대 초반 정도로 보이는 남자가 언짢은 얼굴로 가방 하나를 들고 왔어."

가방을 든 중년 남자는 엄마를 내보낸 후 일련의 조치를 취했다.

"무면허 의사였을 거야, 틀림없이."

새벽녘이 되어 가방 든 중년 남자가 엄마의 집 문을 두드렸다.

"연락한 사람이 당신인가?"

"맞아요."

"당신, 사와무라 애인이야?"

"그냥 옆집 사는 사람이에요."

아침해가 뜨자 엄마도 객기가 사라지고 분별력이 돌아와서 온 힘을 다해 강한 척을 했단다. 가방 든 중년 남자는 엄마를 찬찬히 관찰한 후 씩 웃었다.

"내친김에 좀더 보살펴줄 마음이 있다면 앞으로 어떻게 하면 좋은지 가르쳐줄게. 그럴 맘이 없으면, 그냥 돌아가고."

"그러면 어떻게 되죠?"

"뭐, 조만간 당신에게 새로운 이웃이 생기겠지. 그전에 집주인이 바닥을 새로 갈아야 하겠지만."

엄마는 잠시 생각한 후 큰맘 먹고 물었다. "옆집 사람, 조직폭력단 관계자예요?"

"조폭 같은 인간이지만, 조폭은 아니야. 적어도 당신을 어디 팔아넘기거나 뽕을 맞히거나 할 인간은 아니지."

"뽕이 뭔데요?"

엄마는 정말로 뭔지 몰랐다고 한다.

"아냐, 됐어. 당신은 엮이지 않는 게 좋겠어."

"하지만 마음이 편치 않을 것 같아요."

정 그렇다면, 하며 가방 든 중년 남자는 붕대 가는 법과 약 먹이는 법 등을 알려주더니, "이 일은 아무한테도 말하지 않는 게 좋아"라고 다짐을 둔 후, "나는 이틀에 한 번꼴로 들르지"라는 말을 남기고 돌아가버렸다—

"그래서, 너희 엄마가 옆집 남자를 간병하게 됐다는 거지?"

안경을 번쩍거리며 시마자키가 물었다. 나는 천천히 고개를 끄덕였다.

"드라마틱하지?"

고백하자면, 나는 그 옛날 이야기를 들으면서 몇 번이나 웃음이 터질 뻔했다. "거—짓말!"이라고 외치고도 남을 내용이었으니까. 딱 아빠 엄마의 연애 시절 에피소드를 들을 때와 비슷한 기분이었다.

"잊어버리기 쉽지만." 시마자키가 말했다. "우리 부모들에게도 청춘이 있었어."

"그러게. 우리 엄마한테도 열아홉 살의 봄날이 있었지."

"하지만 이번의 오억 엔 유증 소동이 없었다면, 너희 엄마가 젊은 시절에 닛카쓰*의 무국적 액션영화를 너무 많이 봤구나 싶었을 거야."

"난 지금도 그래, 어떤 면에서는."

"그게 마음이 더 편하니까."

엄마가 옆집 부상자를 간병해준 기간은 이 주 정도였다. 처음 사흘쯤은 눈을 뗄 수 없는 상태였기 때문에 학교까지 빠졌다나.

위험한 사태는 전혀 일어나지 않았다. 창문으로 총알이 날아들지도, 수상한 인물이 건물 주위를 어슬렁거리지도 않았다. 하긴, 안전한 은신처니까 옆집 남자도 이사카장까지 와서 쓰러졌겠지만.

언짢은 얼굴의 가방 든 남자는 약속대로 이틀에 한 번꼴로 찾아

---

* 일본의 영화 제작, 배급 회사.

왔다. 그리고 대개 얕은잠 속을 헤매고 있는 부상자를 대신해, 큰 지장이 없는 범위 내에서 엄마의 질문에 답해주었다고 한다.

"이 남자는 주식 투자가야."

부상자의 신원에 대해 해준 말은 그것뿐이었다.

"그 세계에도 이래저래 위험이 많아. 때로는 이렇게 험한 꼴을 당하지."

"이름은 뭐예요?"

"통성명을 했나?"

"아뇨, 아직."

"이 집엔 문패도 안 달렸더군. 직접 물어봐. 단, 이 녀석이 밝히는 이름이 본명일지 아닐지는 나도 몰라."

그래서 말을 할 수 있을 정도로 회복된 부상자가 자기 이름이 '사와무라 나오아키'라고 밝혔을 때, 엄마는 웃어버렸다고 한다.

"왜 웃느냐고 물어서, 안 어울리는 가명이라고 했어. 그랬더니 그 사람도 웃었고."

그러나 두 사람은 대화다운 대화를 나눈 적이 거의 없었다고 한다. 호기심 반 두려움 반이었던 엄마로서는 꼬치꼬치 캐묻기 힘들었던 게 솔직한 심정 아니었을까.

사와무라라는 남자도 엄마의 신상에 관해서는 별로 묻지 않았다. 다만 학교 수업에 빠진 걸 알고는 굉장히 마음에 걸려했던 것 같다.

"뭘 배우느냐고 물어서 부기나 영문타자 같은 걸 한다고 알려줬지. 그땐 아직 타이핑이 서툴렀거든. 아무리 연습해도 실력이 안 늘고, 시험도 자꾸 떨어진다고 푸념했던 기억이 나."

그렇듯 희한한 이웃간의 교유가 이어진 것은 앞서 말했듯이 이주 정도였다. 끝은 갑자기 찾아왔다. 사와무라 씨가 감쪽같이 자취를 감춘 것이다.

그리고 사라지기 전날, 그가 한 것이 바로 그 말이었다. 마에카와 선생님이 재현했던 그 말.

"이 은혜는 잊지 않겠어. 나중에 내가 한몫 잡으면 당신한테도 반드시 뭔가를 남겨줄게."

세탁한 붕대를 널고 있던 엄마는 그 빤한 대사를 등뒤로 흘려들었다고 한다.

"이렇게 낡아빠진 다세대주택에 사는 사람이 입만 살았네 싶었지."

마에카와 선생님도 말했듯이 사와무라라는 사람은 실제로 굴곡진 인생을 살았을 것이다. 그리고 엄마와 조우했던 인생의 그 시기에 그의 배는 세상이라는 바다 깊숙이 침몰해 있었던 게 틀림없다. 거의 맨몸뚱이 하나로 낡아빠진 다세대주택에 살았던 것도, 위험한 처지에 몰렸던 것도 그런 까닭이었을 것이다.

그러니 그때 엄마가 대수롭지 않게 흘려들었다는 그 말은, 그가 자기 자신에게 되뇐 말인지도 모른다.

다음날, 그는 사라져버렸다. 학교에서 돌아온 엄마는 우편함에 꽂혀 있는 봉투 하나를 발견했다.

"현금 십만 엔이랑 편지 한 장. 그럴 일은 없겠지만 만에 하나, 자기가 사라진 후에 자기를 찾는 사람이 찾아오거나 내가 피해를 받는 일이 생기면 연락하라며 전화번호를 써두었더라고. 의사를 불렀을 때 걸었던 번호였어."

그는 아직 완치 상태가 아니어서 엄마는 걱정스러운 마음에 곧장 그 번호로 전화를 걸어보았다고 한다. 그러나 아무도 받지 않았다. 몇 번을 걸어도.

205호 세입자에 관해서는 집주인도 아는 게 전혀 없었다고 한다. 보증금, 사례금, 임대료 모두 지불했고, 특히 보증금은 돌려받지도 않고 나가버렸기 때문에 집주인은 오히려 기뻐했다. 입주 때 신상명세서에 썼던 본적은 엉터리였고, 직업도 '자영업'이라고만 되어 있었다고 한다(그렇게 허술하게 입주시키니 세입자와의 분쟁이 끊이지 않을 수밖에).

엄마는 여우에 홀린 듯한 기분이었다나.

한 달쯤 지나 엄마 앞으로 소포가 도착했다. 몹시 무거운 상자를 열어보니 신형 코로나 타자기가 나왔다. 이번에는 편지가 동봉되어 있지 않았다.

엄마는 다시 그 의사에게 전화를 걸어보았다. 이제는 아예 신호도 가지 않았다.

"이 번호는 현재 사용하지 않는 번호입니다……"

그뒤로 사와무라라는 남자도, 언짢은 얼굴의 의사도 두 번 다시 만날 기회가 없었다고 엄마는 말했다. 그후로는 단 한 번도.

어쨌든 사와무라 나오아키는 그런 인물이었다.

이야기가 밤늦게까지 이어져서, 내가 침대로 파고든 것은 새벽 세시가 넘어서였던 것 같다. 좀처럼 잠이 오지 않아 뒤척거리며 이런저런 생각을 하다보니 기력이 바닥나버렸고, 그런 날은 으레 그렇듯이 날이 밝은 후에야 깊은 잠에 빠져버려서, 아침에 눈을 뜨니 놀랍게도 열시 이십분이었다.

이번에도 우리를 깨워준 사람은 마사오카 아주머니였다. 문을 쾅쾅 두드리며 큰 소리로 불렀다. 내가 기다시피 방에서 나오자 아빠가 어제와 똑같은 차림으로 휘청거리며 문을 열러 나가는 모습이 보였다.

아빠에게 다가가자 위스키냄새가 확 풍겼다. 둘이서 문을 열어주니 마사오카 아주머니가 황급히 뛰어들어왔다.

"아이고, 사람 좀 놀래지 말아요. 아무 일 없구먼. 어제는 컴컴한 집에 불도 안 켜고 셋이 넋 놓고 앉아 있더니, 오늘은 이 시간까지 창문도 안 열고. 혹시 동반자살이라도 했나 너무 걱정돼서 살펴보러 왔잖아요."

아빠는 여전히 잠이 덜 깬 얼굴로 멍하니 서 있었다. 작은 아파트의 이웃사촌 사이다. 이상한 눈초리를 받고 싶지는 않았다. 나는 서둘러 둘러댔다. 가족이 단체로 독감에 걸린 것 같아요—

시마자키가 안경을 밀어올리더니, 나를 찬찬히 관찰했다. "아닌 게 아니라 유행병에 걸린 것 같은 얼굴이야."

나도 오늘 아침 거울 속 얼굴을 보고, 상당히 심각한 상태임을 확인했다.

"어젯밤 아빠의 태도랑 오늘 아침 술냄새가 마음에 걸려." 나는 나지막이 말해보았다. "왠지, 단순히 놀란 것 이상으로 안 좋은 예감이 든단 말이지."

아빠가 그렇게 눈이 벌게질 정도로 과음한 모습은 처음이었다.

"갑자기 오억 엔이 뚝 떨어진 거잖아." 시마자키가 위로해주었다. "평정심을 유지하기는 힘들지."

"오억 엔이라……"

오억 엔이라는 말을 입 밖에 낼 때면 나도 모르게 목소리가 작아져버린다. 게다가 괜히 주위를 두리번거리게 된다. 꼭 회사 공금을 횡령한 교활한 계장이 된 기분이다. 횡령 하면 왜 '계장'이 연상되는지는 모르겠지만, 그냥 막연하게 '계장'일 것 같은 기분이 들었을 뿐 깊은 의미는 없다.

"우리, 혹시 그 돈이랑 같이 동반자살당하는 건 아닐까?"

"하긴 오억 엔이나 되는 돈다발에 맞으면 죽을지도 모르지." 그러더니 시마자키는 얼굴을 찌푸렸다. "그나저나 오억이 불길한 숫자이긴 해. 삼억 엔이면 운이 좋았을 텐데. 완전범죄였으니까."

"무슨 소리야?"

"후추에서 발생한 삼억 엔 강탈사건 말이야. 오억 엔은 다나카 가쿠에이가 꿀꺽해버린 금액이고. 록히드 사건*에서. 그 사람은 어찌됐든 이 나라를 움직인 최후의 독재자였어. 그가 밀려나면서 독재자가 영웅일 수 있는 시대는 종말을 고했지. 뒤이은 정치인은 모두 파벌의 로봇이야."

"무슨 소리인지 모르겠다."

"흠, 몰라도 돼." 시마자키가 웃었다. 웃는 얼굴 하나는 아역배우 뺨치게 귀엽지만(우리 엄마는 도시히코가 자라면 미남이 될 거라고 한다), 문제는 입을 다물고 있지 못한다는 점이다. 도대체 왜 시마자키 아저씨처럼 건실한 이발사에게서 이런 아들이 태어났을까?

나는 나의 절친이자, 천하와 국가를 논하는 이발사의 아들을 바라보았다. 그는 석양으로 고개를 돌리고 눈부신 듯이 실눈을 뜨고 있었다.

"저녁놀이 엄청나네. 하늘이 녹아들 것 같다."

화제를 돌릴 심산으로 그렇게 말하자 시마자키는 돌아보지도 않은 채 말했다.

"그보다는 핏빛을 닮았지. 너희 집은 앞으로 여러모로 피를 흘

---

* 미국의 군수업체 록히드사가 일본의 고관에게 뇌물을 준 사건.

려야 할 거야. 진짜 폭풍우는 지금부터야."

"넌 정말 밥맛없는 놈이야."

그러나 시마자키의 말은 옳았다. 그것도 모든 의미에서.

4

소동이 시작된 것은 마에카와 선생님이 다녀가고 불과 사흘 뒤였다. 아직 유증받은 오억 엔을 수령하겠다는 답변도 정식으로 하지 않았고, 필요한 사무 절차도 마치지 않은 상황이었다.

그런데도 그것은 찾아왔다.

시마자키는 "지진이 났으니 쓰나미가 따라오는 건 어쩔 수 없지"라고 말했다. "쓰나미가 올 때 겁에 질려서 튜브나 구명조끼를 찾아봐야 소용없어. 한시라도 빨리 도망치거나, 그게 힘들면 포기하고 구조대가 올 때까지 뭐든 꽉 움켜잡고 기다리는 수밖에."

맨 처음 기사가 실린 곳은 역에서 파는 석간신문이었다. 아빠가 퇴근길에 사와서 기사를 보여줬을 때, 나는 그것이 '한신타이거스의 다음 시즌 감독은 반도 에이지*'라는 정도의, 다들 그다지 진심으로 받아들이지 않는 유의 소식에 그치기를 간절히 바랐다. 이웃

* 일본 프로야구선수 출신으로 야구해설가, 탤런트, 배우, 사회자로 활동했다.

사람들이 그 기사를 보지 않기를 바랐다. 설령 보더라도 기사에 나온 '오가타 일가'가 우리라는 걸 알아채지 못하길 바랐다. 신문을 인쇄하는 곳에서 잉크 배합을 잘못해서 한 시간쯤 뒤에는 활자들이 모조리 소실되어버리길 바랐다.

그리고 겉으로 보기에는 나의 이런 바람이 이뤄진 듯했다. 그날 밤 "저기, 이거 댁네 얘기 아니에요?"라며 석간신문을 들고 찾아오는 이웃은 아무도 없었고, 다음날 등교할 때 같은 반 아이가 길 건너편에서 "야! 억만장자!" 하고 부르지도 않았다. 아빠도 회사에서 별다른 말을 하는 사람은 없더라며 안도한 표정으로 돌아왔다.

'이 정도로 마무리되려나……' 하는 기대마저 잠시 품었을 정도다.

그러나 나중에 일어난 일들과 비교해보면 그것은 아직 작은 불씨 단계였다. 타오르는 불 자체는 그리 크지 않았다. 가만 놔두면 저절로 꺼지리라는 착각을 불러올 만큼 아주 작은 불. 그러나 찬찬히 살펴봤다면 틀림없이 알아챘을 것이다. 그 불은 결코 예사로운 불씨가 아니라 봉화의 불길이었음을. 게다가 봉화란 멀리 떨어져 있을수록 잘 보이는 법이다.

우리 가족이 정말로 두려워했어야 할 대상은 이웃이라는 작은 커뮤니티가 아니라, 봉화가 보이는 범위에 있는 미지의 사람들이었다. 그리고 그런 미지의 사람들이 밀어닥치면서 우리 주변에 있던, 우리를 잘 알고 있던 사람들마저 미지의 사람들 쪽으로 삼켜져버린다. 그때까지 아무것도 보지 못하던 이웃 사람들이 외부에서 몰려온 이들의 말을 듣고, 자기들 발밑에서 봉화가 피어오르고 있다는 사실을 알아채버리는 것이다.

석간신문 기사가 나가고 이틀 후, 가십성 주간지가 뒤를 이었다. 그때부터 집전화가 시도 때도 없이 울리기 시작했다. 취재 요청부터 시작해 친척들이 놀라서 연락하고, 성급한 지인들은 돈을 빌려달라고 전화하고, 기부를 권하고, 불특정 다수의 이상한 사람들이 협박 전화를 걸어왔다. 이중 마지막 부류가 가장 많았고, 기분이 더러웠다.

이어서 사람들이 집으로 찾아오더니 곧 방송국에서 들이닥쳤다. 이쯤 되면 이미 말기 증상이다. 우리는 호기심 넘치는 매스미디어(이 인간들 정말 매스컴 맞나?) 때문에 기회감염*을 당한 것이나 다름없었고, 외적인 자각증상은 어처구니없을 정도로 다종다양했다.

야단법석의 정도는 갈수록 심해졌다. 눈덩이 불어나는 식이라기보다 영화 〈환타지아〉에 나오는, 마법사의 제자가 주문을 걸어 움직일 수 있게 된 빗자루와 비슷한 꼴이었다. 주문 푸는 방법을 모르는 제자가 빗자루를 멈추게 하려고 두 동강으로 쪼개고 또 쪼개지만 아무리 쪼개도 빗자루의 수만 늘어날 뿐이다. 그래, 정말로

* 정상적인 상태에서는 감염되지 않다가 환경이 바뀌면 감염 증상을 유발하는 것.

그런 식이었다.

다만 영화에서 마법사의 제자를 연기한 미키 마우스와 우리 가족의 차이라면 맨 처음 주문을 건 주체가 우리가 아니라는 점이다. 그리고 우리에게는 더이상 사태를 감당할 수 없게 됐을 때 짠 하고 나타나 주문을 풀어줄 스승이 없었다.

세상 이치로 보면 이해는 간다. 도쿄 서민가의 낡은 아파트에 사는—그 집 대출금 갚기도 빠듯한 회사원 가족에게 갑자기 오억 엔이라는 선물이 뚝 떨어진 것이다. 충분히 소란이 날 만하다. 안 그래도 '부자 순위'라는 명칭으로 남의 호주머니 사정을 캐내는 것이 연례행사인 나라니까. 복권 당첨금 상한선의 다섯 배나 되는 돈이 어느 날 갑자기 넝쿨째로 굴러들어온 우리 가족을 가만 놔둘 리 없었다.

물론 나도 지금까지 남의 스캔들에 관심이 없었다고는 할 수 없다. 그러니 마땅한 벌이었는지도 모른다. 그러나 만약 우리 가족이 그간 연예인의 이혼 소동이나 천재지변 피해자의 상황, 대형 사고 현장의 모습, 그 밖의 다양한 기삿거리를 흥미롭게 봐왔다는 벌로 오억 엔이라는 철퇴를 맞은 거라면, 우리집 인터폰을 때려부술 기세로 눌러대고, 방음용 덧문을 뜯어내고, 이웃집에 마구잡이로 쳐들어가서 "오가타 씨는 어떤 사람인가요?"라고 캐묻고, 나아가 그 집 전화기를 망가뜨리고, 항의하는 가족과 말다툼을 하다가 주먹다짐으로 번지고, 그것으로 모자라 아빠 직장에 쳐들어가서 화장실까지 따라다니고, 등교하는 나를 교문 뒤에 숨어서 기다리고, 장보러 나간 엄마를 끈질기게 따라다니다 마트 바닥에 나뒹굴게 한 무리의 머리에는 무엇이 떨어져야 할까? 제2의 드비어스사를 세울 정도로 풍부한 다이아몬드 광산 정도일까?

우리는 처음에는 최대한 매스컴을 피하며 취재에 응하지 않으려 애썼지만, 그래봐야 정보는 다른 데서 술술 새어나갔다. 이런 경우 '다른 데'라 함은 대개 친척들이다. 우리도 집안사람한테까지 입을 다물 수는 없는 노릇이니 어느 정도 설명해줄 수밖에. 그것이 전부 밖으로 샌 것이다. 특히 친가 쪽이 심했다.

외가 쪽은 아직 조부모님이 건재해서 입단속을 시켜줄 수 있었다. 그러나 일찍 부모를 여읜데다 외아들이었던 아빠 쪽은 큰아버지니 사촌이니 육촌이니 하는, 직접적인 책임은 없는 어중간한 관계의 사람들만 남아 있어서 제어가 안 된 모양이었다.

그렇다면 이상하게 왜곡되거나 잘못 전해지는 것보다는 우리 입으로 얘기하는 게 낫다. 그래서 중간에 큰맘 먹고 방침을 바꿔 인터뷰에 응하게 되었다.

매스컴—특히 텔레비전 와이드쇼 관계자는 무척 기뻐했다. 보기 드문 미담이라고 치켜세우며 엄마를 극찬했다. 그러면서 은근슬쩍 돈의 사용 계획을 파고들기도 했다.

취재 공세에 시달리기는 마에카와 선생님도 마찬가지였다. 변호사에게는 묵비의무가 있다며 가차없이 쫓아내는 듯했지만, 사무실 앞에서 기자들이 진을 치고 기다리는 등 피해가 이만저만이 아닌 것 같았다.

"사와무라 씨는 특정 분야에서는 유명인이었으니까요." 살짝 피곤한 기색으로 그렇게 설명해주었다. "그분이 말기암으로 입원하고 제가 의뢰를 받아 재산을 현금화하고 유언장을 작성했을 때부터 일부에서는 이미 주목하고 있었어요. 이런 소동은 각오해야 한다고 생각했습니다. 어차피 일시적일 겁니다. 조금만 참고 견뎌주십시오."

소동이 확대되면서 선생님 사무실과 연락을 주고받기도 쉽지 않아졌다. 불평할 곳이 사라져버리자 특히 아빠가 잔뜩 화가 났다.

지금껏 겪어보지 못한 폭풍우에 휩쓸리자 셋 다 금세 녹초가 되고 말았다. 손도 까딱하지 않고 오억 엔이나 되는 거금을 받는데 그 정도는 감수해야지라고 생각할지 모르지만, 받는다고 한들 눈앞에 당장 돈다발이 쌓인 것도 아니고, 우리집이 갑자기 고급 아파트로 바뀐 것도 아니었다. 생활에는 변함이 없는데 주변만 격변해버린 것이다. 인내심이 한계에 다다랐다. 지치고 짜증나서 입다물고 있을 때가 늘었고, 어쩌다 입을 열면 바로 싸움으로 번졌다. 화내는 것이 습관이 된 우리는 사소한 일에도 발끈했다.

특히 아빠와 엄마 사이에서 자주 불꽃이 튀었다. 치약이 떨어졌다느니 쓰레기를 안 내놓았다느니 하는 사소한 일로 말다툼을 벌이고, 그러고 나면 부루퉁해져서 입을 닫아버렸다. 지금까지는 그렇게 자잘한 일로 싸운 적이 없었는데, 두 사람 다 많이 지쳤구나 하는 생각이 들었다. 아빠는 매일 저녁 퇴근할 때마다 빰이 조금씩 꺼져가는 것 같았다.

그 무렵 우리는 섬 그림자 하나 없는 망망대해 한복판에서 뱃머리를 맞대고 있는 세 척의 난파선이었다. 서로의 모습이 보이고 소리도 들리지만, 도와줄 수가 없다. 게다가 무전기에서는 잡음만 난다.

부끄럽지만 나는 이때만 해도 이 작은 전투들이 그저 단순한 화풀이가 아니라는 것을, 그 밑바닥에 심각한 의미가 깔려 있다는 것을 미처 이해하지 못했다. 밖에서 들어오는 잡음을 단순한 노이즈로 흘려넘기는 사람은 나 혼자뿐이라는 것도 알아채지 못했다.

나는 그저 '복에 겨운 아드님'에 불과했던 것이다.

회전무대 돌듯이 사태가 새로운 국면에 접어든 것은 7월 14일이었다. 당시 나는 여름방학을 말 그대로 손꼽아 기다리고 있었기에 날짜에 대한 기억은 정확하다.

여름방학은 매일 아침 등굣길 어딘가에서 불쑥 튀어나오는 리포터를 따돌리고 교문 안으로 도망치는 생활, 게다가 도망친 곳에서까지 선생님한테 "어이, 오억 엔"이라고 불리는 생활에서 나를 벗어나게 해줄 유일하게 합법적인 수단이었다. 진심으로 간절히 기다렸다.

축구부 연습시간에 공을 줍고 있으면 노골적으로 얼굴을 노린 킥이 날아왔다. 드리블 연습을 하고 있으면 다리를 걸어 넘어뜨렸다. 나의 피해망상이었던 건 아니다. 학교라는 공동체는 온갖 욕구불만을 꾹꾹 눌러담아 뚜껑을 덮고 나사를 조여둔 상태나 다름없어서, 어딘가에 공기구멍이 뚫리면 갇혀 있던 분노와 불만과 원망이 폭발적인 기세로 터져나온다. 그것들은 모두 '장난'의 가면을 쓰고, 웃으면서 습격해온다. 터져나오는 내용물 중에는 선생님들의 감정도 뒤섞여 있다. 선생도 인간이니까.

물론 심한 장난을 말려주는 선생님도 있었지만 그래봐야 중과부적이었다. '학교 자치'를 방패 삼아 매스컴의 침입만은 막았으나, 교내에서 소란이 점점 커지자 담임선생님이 집으로 전화를 걸어 잠시 학교를 쉬는 게 어떻겠느냐고 권했다. 시험도 다 쳤으니 문제없다는 것이었다.

엄마도 그 말에 찬성하는 듯했다. 그러나 나는 절대로 싫다며 버텼다. 여름방학을 그토록 기다렸던 것과 모순되는 태도 아니냐고 할지 모르지만, 이것은 의지의 문제다. 이해하시는지?

아무튼 당시의 나는 킥오프로 경기가 시작된 순간에 같은 편 선수들이 모조리 상대 팀으로 돌변해서 나를 향해 공격해오는 것을 그저 어리둥절하게 바라보기만 하는 골키퍼 같은 존재였다. 더군다나 심판까지 등을 돌리고 있었다.

유일하게 숨을 돌릴 수 있는 건 시마자키랑 있을 때뿐이었다.

그는 눈을 똑바로 뜨고 귀를 기울이며, 나라는 난파선이 여기서 더 위험한 암초 쪽으로 흘러가지 않도록 닻이 되어주었다.

그리고 사태의 변화를 가장 먼저 알려준 사람도 시마자키였다.

학교 수업이 끝나고 특별활동도 마친, 오후 다섯시 반 무렵이었던 것 같다. 시마자키 집에 가기로 하고 가게 영업에 방해되지 않도록 뒷문으로 들어가서 다락방처럼 좁고 천장이 낮은 공부방에서 콜라를 대접받고 있을 때였다. 우리집으로 가는 길목이라 예전에도 종종 들렀지만, 이번 일이 시작된 후로는 가십을 노리고 귀가시간을 기다리는 기자의 습격이나 이웃 아주머니들의 호기심의 표적이 될 위험을 피하기 위해 더욱 자주 들르게 되었다.

"좀전에 밑에서 찾았어. 이번 호."

시마자키가 그렇게 말하며 주간지 한 권을 던져주었다.

"새로운 소식이야. 사와무라라는 사람의 사진이 실렸어."

나는 깜짝 놀라 주간지를 집어들었다. "진짜?"

놀라서 허둥거릴 만한 이유가 있었다. 그때까지 나는 사와무라 나오아키 씨의 얼굴을 몰랐으니까.

마에카와 선생님은 사와무라 씨의 사진이 없다고 했다. 얼굴을 아는 엄마는 그렇다 치고 나와 아빠는 그가 대체 어떤 사람이었는지 궁금해서 열심히 부탁해봤지만 한결같이 "없다니까요"라는 대답뿐이었다.

이에 대해서는 주간지나 방송국도 똑같은 욕구불만을 품고 있었다. 어떤 인물을 논할 때 사진이 지니는 임팩트는 활자의 그것과 견줄 수 없다. 하는 수 없이 로맨스그레이 '신사' 풍의 일러스트를 곁들이는 식으로 얼버무리는 듯했다.

"아마 죽기 전에 누군가에게 부탁해서 정리했거나 직접 처분했을 거야. 하긴, 워낙에 사진 찍힐 기회 자체가 적었겠지. 연예인이면 몰라도 보통 사람은 가족이 없으면 생각보다 사진을 안 남기는 법이니까"라고 시마자키도 말했었다.

그런 까닭에 그때까지 나에게 '사와무라 나오아키'란 완전히 활자로 된 인간이었다. 이미 죽었으니 활자로 된 유령이라고 해야 할까. 아무튼 지면 속 이름밖에 모르는 사람이었다. 일러스트는 전혀 인상적이지 않았으니까.

그런데 지금 여기, 그 사람의 사진이 있다. 나는 서둘러 잡지를 들췄다.

"어디서 찾아냈을까?"

"특종기사래." 웬일로 우울한 눈빛을 지으며 시마자키가 말했다. "일이 안 좋게 꼬일 것 같다."

"왜? 지금도 충분히 안 좋은데."

"일단 사진부터 봐."

시키는 대로 잡지를 펼친 나는 초점이 살짝 흔들린 흑백사진을 발견했다. 한 면을 가득 채우고 있었다.

사진에 찍힌 것은 큰 키에 약간 마른 체격, 민첩해 보이는 남자의 모습이었다. 초점이 흔들린 것은 피사체가 이동하는—화면을 오른쪽에서 왼쪽으로 가로지르며 바삐 걸어가는 중이었기 때문이다.

거무스름한 양복에 무늬 없는 넥타이. 윗옷 단추를 채우지 않아서 움직임에 따라 옷자락이 가볍게 나풀거린다. 살짝 옆을 보는 각도라 얼굴은 사분의 삼 정도만 보였다.

앞쪽에 보이는 왼손에는 아무것도 들지 않았지만, 반대편 오른손은 팔꿈치가 굽은 것으로 보아 윗옷이나 바지 주머니에 꽂고 있는 듯했다. 매우 눈에 익은 그 자세는 전국의 모든 남성 운전자들이 자동차로 다가가면서 공통적으로 취하는—그렇다, 차 열쇠를 꺼내는 동작이었다. 그러고 보니 화면 가장자리에 자동차 범퍼로 보이는 물체가 언뜻 찍혀 있었다.

기사 제목에는 분명 '사와무라'의 이름이 있었다. 하지만 나는 '아닌데'라고 생각했다. 사와무라 씨는 쉰다섯 살 아저씨였으니까.

내가 혼란스러워하는 기색을 알아챘는지 시마자키가 "1976년에 찍힌 사진이래. 그러고 보니 양복 핏이 지금처럼 넉넉하지 않더라"라고 해설해주었다. "그렇다면 지금으로부터 십오 년 전, 사와무라 나오아키 씨가 마흔 살 때의 모습이야. 너희 엄마가 구해준 때를 기준으로 보면 다섯 살 더 먹었을 때."

시마자키는 의자 등받이에 기대어 나를 바라보면서, 그후로 다양한 곳에서 다양한 톤으로 내 귀에 파고들 대사를 특유의 담담한 어조로 말했다.

"제법 매력 있고 괜찮은 남자지."

나는 입을 다물고 있었다. 이론이 없었으니까.

"적어도 너희 아빠보다는 잘생겼다."

미리 말해두지만, 이런 말을 한 사람은 시마자키뿐이다. 이렇게 직설적인 표현은 말이다.

"정확히 말하면, 훨—씬 잘생겼지."

"알았다고. 거참 시끄럽네." 나는 파리를 쫓는 시늉을 했다. "좀 조용히 좀 해봐."

이 남자를 엄마가 구해준 것이다. 닛카쓰의 액션영화 스토리처럼.

"이 사진이 찍혔을 당시에는 이미—중년이었을 거잖아?"

"흠, 글쎄…… 중년이란 말은 이미지가 안 좋아. 남자 나이 마흔이면 한창 일할 시기야. '장년'이라고 해주면 어떨까?"

내가 질문해놓고 실례이긴 하지만 시마자키의 대답은 한 귀로 듣고 흘려버렸다. 사진에 넋이 나가 있었기 때문이다.

"인기 많았겠다……"

"그랬겠지. 돈도 많았다니까."

"애인은 없었을까?"

"있었겠지."

"이 사진도, 그런 사람이 찍었겠지?"

시마자키는 천장을 올려다본 채 고개를 저었다. "애인이었다면 뭐라고 말을 건네서 렌즈 쪽을 보게 한 다음에 셔터를 누르겠지. 그리고 만약 그렇게 사진이 찍혔다면, 이 사와무라라는 사람은 카메라를 낚아채서 필름을 뽑아내고 쓰레기통에 처박았을 거야…… 아니, 이건 몰래 찍힌 사진이야. 찍은 건 당국이고."

"당국?"

"기사에 나와 있어. 당시 한 자동차부품회사 주가조작과 관련된 스캔들을 경시청이 조사중이었대. 하필 같은 해에 록히드 사건이 발생해서 이쪽은 별다른 성과 없이 넘어간 모양이지만, 사와무라 나오아키 씨도 사건 관계자로 일정 기간 감시를 받았나봐. 그 사진이 어떤 경로로 유출됐는지는 몰라도, 어차피 십오 년 전 사건이라 공소시효도 지났을 테니까."

"그런데." 나는 지면에 시선을 못박은 채로 물었다. "이것 때문에 왜 일이 꼬일 것 같다는 거야?"

시마자키가 땅이 꺼져라 한숨을 내쉬었다. "이제 배우들이 다 갖춰졌으니까."

"무슨 소린지 모르겠네."

"이 사진이 방아쇠가 될 가능성이 높다는 뜻이야. 주위가 술렁거릴 테니까. 버틸 수 없겠지. 팡 하고 터져버릴지 몰라."

"누가 터지는데?"

시마자키는 도리질하듯 고개를 저었다.

"그게 말이야, 사와무라 나오아키라는 사람이 뒤꿈치로 밟아놓은 발바리처럼 생겼으면 그나마 괜찮았을 거야. 인간이란 단순해서 겉모습에 좌우되기 마련이거든. 하지만 그렇지 않으니 어쩔 수 없겠지만 어쨌든 곤란하게 됐어. 위험해, 이건."

단숨에 말하고 이번에는 콧김을 내뿜었다. 나는 도통 무슨 말인지 알 수 없었다.

"하고 싶은 말이 뭐야?"

"저기"라며 시마자키가 내 쪽으로 몸을 숙였다. "얼마 전에도 말했잖아. 잊어버리기 쉽지만, 우리 부모에게도 청춘이 있었다고—"

"그렇지."

"마찬가지로, 지금도 그들에게는 상처받기 쉬운 여린 마음이 있다는 사실을 잊어선 안 돼."

나는 천천히 눈을 깜박였다. "시마자키— 너 어디 아프냐?"

"아냐. 그냥 좀 슬플 뿐이야."

"뭐가 슬픈데?"

"앞으로 일어날 일에 전혀 힘을 쓸 수 없어서."

수수께끼 같은 말을 하고 나를 내려다본 시마자키가 섬뜩해질 만큼 다정한 목소리로 말했다.

"음, 이 방 창문은 안 잠글게. 손님용 이불도 있어. 아 참, 우리 집 빨래건조대 사다리는 위에서 세번째 칸이 좀 썩었으니까 조심하고."

나는 시마자키가 미쳐버린 건 아닌가 걱정하며 집으로 돌아왔다. 그러나 채 한 시간도 지나지 않아 그런 염려가 빗나간 것임을 알았다. 그와 동시에, 미쳐버릴 가능성이 있는 쪽은 오히려 나라는 사실을 뼈저리게 실감하게 되었다.

5

집으로 돌아오자 엄마가 혼자 부엌에 서 있었다. 요 며칠은 장 보는 것조차 쉽지 않아서 식사 준비도 뜻대로 안 되는 듯했는데, 오늘은 괜찮았나 생각했다.

"다녀왔습니다."

인사해도 대답이 없다. 가만히 보니 엄마는 도마 위에 데친 시금치를 올려놓고, 오른손에 부엌칼을 든 채 멍하니 허공을 바라보고 있었다.

시간이 한참 흐른 지금도 나는 그때의 엄마 얼굴을 생생하게 떠올릴 수 있다. 조금은 공허하고 조금은 쓸쓸해 보여서 왠지 다가가기 힘들었던 그 옆얼굴을.

엄마라는 존재를 다가가기 힘들다고 느낄 일은 절대 없을 거라 생각했다. 그렇기에 더더욱 강렬한 인상이 남았나보다. 나는 뭐라고 말이 나오지 않아서 물끄러미 엄마를 바라보고 있었다. 언제 제정신이 돌아와서 "어서 와라"라고 답해줄지 기대하면서. 이유는 잘 모르겠지만, 그때만은 내가 몇 번씩 부르지 않아도 엄마가 스스로 돌아봐주는 것이 굉장히 중요하게 여겨졌다.

그런데도 엄마는 나를 알아채지 못했고, 돌아보지도 않았다. 고개를 살짝 기울이고 멍하니 서 있었다. 급기야 나도 인내심이 바닥났다.

"엄마."

무반응.

"아이참, 엄마."

변화 없음.

나는 양손으로 식탁을 내리쳤다. "엄마!"

깜짝 놀랐는지, 칼끝이 움찔 튀어올랐다. 엄마가 이쪽으로 고개를 획 돌렸다.

"어머나…… 마짱."

"진짜, 왜 그래?"

"언제 왔니?"

"방금 막." 나는 부루퉁한 표정을 지었다. "무슨 생각을 그렇게 해. 그러다 시금치가 도마에 뿌리내리겠다."

"이상한 소리 하지 마." 엄마가 앞니를 보이며 웃었다. "배고프지? 십 분 정도면 되니까 손 씻고 와."

그 십 분 사이에 아사해버리면 안 될 테니, 나는 식탁 위 바구니에서 사과를 한 알 집어들었다.

"이제 초등학생도 아닌데 일일이 잔소리하지 마."

"어머, 그러셔. 실례했네요."

경쾌한 부엌칼소리가 울리기 시작했다. 가방을 메고 사과를 베어먹으며 부엌에서 나가려다가 내가 말했다. "있잖아, 조금 전에 시마자키 집에서 사와무라 씨 사진을 봤어. 새로 나온 잡지에서."

부엌칼소리가 뚝 멎었다. 그 자세 그대로 엄마가 말했다.

"어머, 그래."

"엄마는 못 봤어?"

"응. 그런 잡지가 나왔니?"

"응. 어디서 어렵게 찾아낸 사진 같던데. 화보로 실렸더라고."

"요란들 하네."

나는 사과를 베어먹으며 웃었다. "근데, 깜짝 놀랐어. 좀 멋진 사람이더라."

"그랬었나. 난 다 잊어버렸다."

다시 칼이 움직이기 시작했고, 가스레인지 위의 냄비가 끓어올라 엄마가 재빨리 뚜껑을 열었다. 사과를 먹으며 복도를 지나 내 방 문을 막 열려는 순간 걸음을 멈췄다.

복도 한구석에는 아빠가 주말 취미 목공예로 만든 삼각형 모서리선반이 있고, 그 맨 아래 칸에는 낡은 신문이 쌓여 있다. 꼼꼼한 엄마가 늘 깔끔하게 정돈해두는데, 어찌된 영문인지 오늘은 신문더미가 흐트러져 있었다.

나는 웅크리고 앉아 낡은 신문더미를 살짝 들춰보았다. 안쪽에 잡지 한 권이 처박혀 있었다.

시마자키 집에서 봤던 그 잡지였다. 화보가 실린 잡지.

'어, 뭐야. 엄마도 봤네.'

부엌으로 돌아가 그렇게 말하기란 도저히 불가능했다. 그래서는 안 될 것 같은 기분도 들었다. 왜 숨겼어? 왜 모른 척했어? 엄마가 관심을 가지는 게 당연한데, 왜 이러는 거야?

당연히 물을 만했지만, 묻지 못했다. 나는 그럴 수가 없었다.

그러나 잠시 후에 돌아온 아빠는 그렇게 했다.

결론부터 말하자면, 그날 밤 우리는 엄마가 차린 저녁을 먹지 않았다. 집에 돌아오자마자 곧장 냉장고로 간 아빠가 캔맥주를 꺼내고 단숨에 반쯤 들이켜더니 "할 얘기가 있어"라고 말한 순간, 평화로운 저녁식사는 어딘가로 날아가버렸기 때문이다.

나는 텔레비전 앞 소파에 있었다. 엄마는 식탁 앞에 앉아 신문을 읽고 있었다. 아빠는 그 옆에 가로막듯 서서 맥주 캔을 꽉 움켜쥐었다.

"아닌 밤중에 홍두깨라더니, 왜 이래?"

아빠의 첫마디보다 엄마의 목소리에 내 가슴이 더 철렁 내려앉았다.

"무슨 얘긴지 잘 알 텐데." 아빠는 그렇게 말하고 의자를 끌어

당겨 털썩 앉았다. "오늘 미야케 소장님이 한 번쯤 확실히 짚고 넘어가는 게 좋을 거라고 충고하더군. 일부러 날 불러서 말이야—부하직원들 앞에서 망신을 당했다고."

미야케 소장님은 아빠의 직장 상사이자 아빠와 엄마를 중매해준 사람이다. 나도 매년 새해가 되면 그 집으로 인사를 간다. 통이 커서 언제나 세뱃돈을 두둑이 챙겨주기 때문에 해마다 만나기를 고대했다.

그러나 내 목적은 세뱃돈만이 아니었다. 좀더 큰 것이 있었다. 미야케 소장님은 취미로 스포츠사격을 해서 경기용 총을 갖고 있었다. 처음 그 얘기를 들었을 때는 가슴이 설렌 나머지 얌전히 있지 못하고 별별 질문들을 잇따라 퍼부어댔다. 아빠와 엄마는 '얘, 적당히 좀 해' 하는 표정을 지었지만, 미야케 소장님은 내 반응에 기분이 좋아진 듯 큰 대회에 출전했을 때나 알래스카에 가서 라이플을 쐈을 때 등의 이야기를 해주었다. 그뿐만이 아니라 산탄총과 장탄 실물을 보여주고 내 손에 들려주기까지 했다. 너무 무거워서 놀랐다. 소장님이 기념사진을 찍어주는, 채 일 분도 안 되는 짧은 시간 동안 두 손으로 들고 있기조차 버거울 정도였다.

"어른이 돼서 면허를 따면, 내가 하나부터 열까지 가르쳐주마."

그 말에 나는 진심으로 기뻤다.

그래서 내 눈에 미야케 소장님은 '남자다운 남자'의 표본 같은 사람이었다. 그런 사람이 회사 책상 앞으로 아빠를 불러서 망신을 줬다고?

도대체 어떤 망신을 준 거지?

다시 한번 맥주를 들이켠 후, 빈 캔을 내동댕이치듯 식탁 위에 내려놓은 아빠가 나지막이 물었다.

"사토코, 당신이랑 사와무라라는 남자는 어떤 관계였지?"

싸늘한 침묵이 흐른 후, 엄마가 천천히 말했다. "안 들려."

"뭐라고?"

"안 들린다고. 왜, 좀더 큰 소리로 묻지 않고? 크고 확실하게 다시 물어봐."

턱을 당기고 엄마를 노려본 후 아빠가 말했다. "적반하장이군."

"어떻게 그런 말을 해? 당신이 훨씬 막 나가고 있잖아. 집에 들어오자마자 뭐하는 거야?"

"계속 참았어!" 아빠가 느닷없이 버럭 소리를 질렀다. 말끝이 갈라졌다. 나는 오랫동안 이런 고함을 들어본 적이 없었다. 4학년 봄에 엄마 몰래 전철을 타고 친구랑 단둘이 우에노공원에 놀러갔을 때, 이렇게 큰 소리로 야단맞은 것이 마지막이었다. 그때도 굉장했다. 나를 찾아다녔던 파출소 경찰까지 "아이고, 진정하세요"라며 말리고 나섰을 정도였다.

그러나 그때의 아빠는 지금처럼 등이 구부정하지 않았다. 눈을 치뜨고 노려보지도 않았다.

이렇게 비참한 표정을 짓지는 않았다—

"처음부터 의심스러웠어. 생판 모르는 남이 오억 엔이라는 거금을 턱하니 남겨주다니, 그게 말이나 되는 소리야? 그래도 난—난 당신한테—아니, 그럴 일은 없다고…… 그래서 참아왔던 거라고."

"참을 필요가 없었잖아." 엄마가 굳은 표정으로 말했다. "지금처럼 물어봤으면, 나도 대답했을 거야. 몇 번이든 대답했다고. 나와 사와무라 씨는 조금도 특별한 관계가 아니었어. 내가 그 사람을 알게 된 상황은 분명하게 설명했잖아."

아빠는 잇새로 뭔가를 짓이기는 듯한 얼굴로 섬뜩하게 웃었다. "그렇게 꾸며낸 얘기를 믿으라고?"

"꾸며낸 얘기? 내가 엉터리로 지어냈다는 뜻이야?"

"당연하지. 고작 그 정도 가지고 은인으로 여기고, 이십 년이나 지나서 전 재산을 남기다니, 그게 말이 돼?"

"하지만 진짜야."

"거짓말 마!"

"그럼, 대체 어쩌라는 거야?"

"아빠……"

내가 끼어들자 아빠는 내 쪽을 보지도 않고 소리쳤다. "애는 끼어들지 마!"

"마사오한테 소리지르지 마!" 이제는 엄마의 목소리도 떨렸다. "아이 앞에서 창피하지도 않아?"

"그만해. 목소리 높여봤자 아무것도 해결 안 되잖아!" 쿠션을 내던지고 내가 두 사람 사이로 끼어들었다. "왜 자꾸 큰소리를 내. 진정하라고."

"마사오, 넌 방에 가 있어." 아빠가 나를 복도 쪽으로 밀어냈다. 나는 휘청거리다 벽에 부딪혔지만 그대로 물러설 생각은 없었다.

"싫어! 이럴 때만 어린애 취급 하지 마."

"뭐가 어째—"

"한심한 사람이네." 어금니를 악물었는지, 관자놀이를 실룩거리며 엄마가 말했다. "지금까지 쭉 의심했지? 그런데도 참았어. 입 밖에 낼 용기가 없어서 참았던 거야. 나도 그 정도는 다 알아."

나는 깜짝 놀라 엄마를 쳐다보았다. 엄마는 두 주먹을 꽉 쥐고 있었다.

"그래서 계속 기다렸어. 당신이 정식으로 물어올 때를. 물으면 똑똑히 대답하려고 기다리고 있었다고. 그런데 당신이란 사람은 이렇게 한심한 식으로밖에 못 물어?"

"이런 건 어떻게 묻든 마찬가지야. 대답은 똑같으니까."

"똑같지 않아. 누가 그런 소릴 해? 당신 생각은 어떤데? 난 당신 생각을 듣고 싶은 거야. 회사에서 누가 충고했느니 어쩌니 하는 소린 듣고 싶지 않다고!"

"사토코, 당신—"

"난 솔직하게 말했는데, 그걸 안 믿어주면 어쩌란 말이야!"

"내 기분이 어떤지 알기나 해!" 아빠가 의자를 걷어찼고, 의자가 넘어지며 쓰러뜨린 화분이 요란한 소리와 함께 깨졌다. "당신이 내 마음을 아느냐고! 매일 회사 가면 뒤에서 비아냥거리고, 손가락질하고, 업신여긴다고. 남편만 모르고 있었다며. 결국에는 유산까지 챙기고, 거참 부럽다는 소리까지 해댄다고. 세상 사람 모두 당신이 사와무라라는 남자의 뭐였는지, 진즉에 알았단 말이지!"

"안다고? 어떻게 아는데? 남들이 대체 뭘 아느냐고?"

"상식적으로 생각하면, 누구나 다 알아."

"상식이 뭔데? 당신은 내가 하는 말은 안 믿는 거야?"

"난 그렇게 덜떨어진 사람이 아니야."

믿기지 않는 전개였다.

"아빠…… 그렇게 생각했어?"

간신히 말이 나왔다. 아빠는 나를 보려고도 하지 않았다. 시선을 피했다.

"엄마가 사와무라 씨의 애인이었고, 그래서 그 사람이 엄마한테 유산을 남겼다…… 그런 쪽으로 생각한 거야?"

아빠는 대답하지 않았다. 몸을 뒤로 젖히고 있었다. 실수로라도 나랑 엄마에게 닿고 싶지 않아하는 자세처럼 보였다.

"그게 세상의 상식이라는구나, 마사오." 고개를 숙인 엄마가 중얼거렸다. "그래서 아빠는 그쪽을 믿는대."

나는 다리에서 힘이 빠져 금방이라도 바닥에 주저앉을 것 같았다.

지금까지 며칠간, 부모님이 집에서 반복해온 작은 충돌의 밑바닥에 흐르던 것이 무엇이었는지, 드디어 이해됐다.

이런 거였구나…… 엄마의 옛날 이야기를 믿어 의심치 않았던 사람은 나뿐이었단 말인가.

"그럼, 내가 돈을 받지 않으면? 그러면 어떻게 돼?"

아빠는 다시 삐걱거리는 듯한 웃음소리를 냈다. "그래봐야 사와무라가 당신한테 돈을 남겼다는 사실은 안 바뀌지. 돈을 받든 안 받든 내가 바보 취급 당하는 건 마찬가지야. 돈이 문제가 아니라고."

"그럼, 나더러 어쩌라고……"

"이제 한계야." 우리에게서 천천히 몸을 돌리며 아빠가 말했다. "난 더이상 못 참아. 회사에서는 파트타임 아주머니부터 아르바이트 학생까지 모이기만 하면 다 이 얘기야. 오늘도 그따위 잡지를 들고 와서는—"

그렇다면 아빠도 그 잡지를 본 것이다.

"오늘, 소장님이 무슨 소리를 했어?" 힐난조가 아니라 지친 말투로 엄마가 물었다. "부하직원들 앞에서 대체 무슨 소리를 했는데?"

꽤 오랜 침묵이 흐르는 동안, 텔레비전만 혼자 떠들어댔다. 내가 보던 야구 중계였다. 자이언츠와 야쿠르트 경기에서 구와타가 공을 던지고 있었다.

—볼카운트는 원 스트라이크, 투 볼. 보시는 것처럼 내야진은 번트에 철저히 대비하는 태세입니다. 야자와 씨, 어떻습니까, 지금

상황은—

아나운서의 목소리에 겹쳐서 아빠의 목소리가 들려왔다.

"마사오가 내 아이가 맞는지도 의심스럽지 않냐고—"

거기서 아빠 목소리가 끊긴 것은 아무래도 내가 뭐라고 내뱉었기 때문인 듯하다. 대체 무슨 말을 했는지는 기억이 안 나지만.

엄마가 천천히 손으로 얼굴을 감쌌다.

"그 변호사한테 들었어…… 사와무라라는 남자의 혈액형도 나와 같은 A형이라더군. 정식으로 친자감정을 받지 않는 한, 장담할 수 없단 뜻이지……"

"마사오 앞에서 그런 소리 하지 마!"

"누구 때문에 이렇게 됐는데!"

이번에야말로 나는 털썩 주저앉고 말았다.

"난 나가겠어." 작은 목소리로, 거의 벽에 대고 얘기하듯이 아빠가 말했다. "짐 싸서 나갈게. 당신과 마사오도 그러는 편이 좋을 거야. 돈이 궁하지도 않을 테니."

"나가서…… 어쩔 건데."

얼굴을 숙인 채로 묻는 엄마에게 아빠는 아무 대답도 하지 않았다. 느릿느릿 발을 끌며 안방으로 걸어갔다. 정말로 짐을 싸려는 것이었다.

"그 여자 집으로 가는 거야?"

얼굴을 들고 엄마가 물었다. 울고 있지는 않았지만, 몇 분 사이

밤을 꼬박 새운 것처럼 녹초가 된 얼굴이었다.

"말했잖아. 당신이 바람피우는 거 다 알고 있었다고."

복도 중간에서 걸음을 멈춘 아빠가 돌아보았다. "그러니까 무승부인 셈이야. 딱 좋잖아."

아빠가 문을 열고 방으로 들어갔다. 시야에서 사라졌다. 십 분쯤 지나 다시 나왔을 때는 출장 갈 때 쓰는 검은색 보스턴백을 들고 있었다.

그리고 정말로 집을 나가버렸다.

"미안해."

식탁 위로 고개를 숙여버린 엄마가 꺼져가는 목소리로 그렇게 사과했던 건 기억난다.

"미안해. 조금만⋯⋯ 기다려주렴. 엄마가 좀 생각해보고⋯⋯ 네가 이해할 수 있도록 얘기해줄게."

그래서 나는 슬그머니 집에서 나왔다. 아파트 복도로 나오자 옆집 마사오카 아주머니가 문틈으로 빼꼼히 얼굴을 내밀고 있었다.

나는 걸음을 멈췄다. 입술이 떨려서 아무 말도 할 수 없었지만, 뭐든 위로의 말을 기대했다. 그런데 아주머니는 당황한 듯이 문을 닫아버렸다.

정신 차려보니 밤길을 걸어 시마자키 집 근처에 와 있었다. 현관으로 들어가고 싶지는 않았다. 시마자키의 아빠와 엄마에게 이런 얼굴을 보이고 싶지 않았다. 어른에게는, 보이고 싶지 않았다. 그래서 나는 담을 넘어 빨래건조대를 타고 올라가서 2층에 있는 시마자키 방으로 향했다. 그의 충고를 떠올린 것은 사다리 세번째 칸을 밟아 부러뜨린 순간이었다. 나는 쿵 하고 떨어져서 시마자키 방의 바닥 위, 책상 바로 옆에 착지했다.

시마자키는 제법 진지한 표정으로 회전의자에 앉아 있었다.

"너희 아빠, 폭발했니?"

나는 말없이 고개를 끄덕였다. 처음으로 눈물이 고였다.

6

조금 안정을 되찾은 엄마와 천천히 대화할 수 있게 된 것은 다음날이었다.

그렇다고 긴 얘기를 한 건 아니다. 그럴 필요는 없었다. 엄마가 나에게 이렇게 타일렀을 뿐이니까.

"앞으로 아빠랑 엄마가 어떻게 될지, 어떻게 할지, 지금 당장은 알 수 없어. 한동안 조용히 지켜보는 수밖에 없을 것 같아. 엄마도 아직은 깊이 생각할 여유가 없거든. 하지만 어떻게 되든 너랑 전부 상의하고, 네 마음을 가장 소중히 여겨서 결정할 거야."

얘기하면서 또다시 눈물이 그렁거렸다.

"아빠가 그런 말을 한 건 마음이 혼란스러워서야. 화날 만하고, 넌 당연히 화가 나겠지만, 용서해주렴. 마사오, 넌 틀림없이 아빠와 엄마의 아들이야. 사와무라 씨와는 아무 일도 없었어. 사와무라 씨와 있었던 일은 엄마가 설명한 게 다야. 믿어주렴."

이렇게 엄숙한 맹세 앞에서는 "네"라고 대답할 수밖에 없다. 게다가 나는 이런 때 "거짓말 마, 그런데 왜 아빠가 나가?"라고 소리지르거나 "엄마 바보!"라고 아우성치며 방에 틀어박혀 무릎을 끌어안고 울 만큼 어린애는 아니었다—

이렇게 말하면 멋지게 들리겠지. 사실은 그렇게 울고 싶었고, 나 혼자였다면 분명 그랬을 것이다. 그런데 공교롭게도 내게는 참모가 있었다. 굳이 말 안 해도 알 만한 시마자키가. 그는 어젯밤에 빨래건조대를 부러뜨리며 들이닥친 나에게 이렇게 말했다.

"네 기분은 이해해. 하지만 소란 피우지 마. 이 정도 가지고 비뚤어지는 건 당치 않아. 냉정하게 감정을 억누르고 행동해야 해. 뭐니뭐니 해도 지금 너희 집에서 그럴 수 있는 사람은 너뿐이니까."

그래서 나는 엄마의 맹세를 받아들였다.

"응, 알았어. 믿을게."

굳어 있던 엄마의 어깨에서 그제야 힘이 빠졌다.

"그런데 엄마, 돈은 어떡할 거야? 안 받을 거야?"

엄마는 프라이팬에 두른 식용유가 달궈지길 기다리는 시간 정도 입을 다물고 생각에 잠겼다. 그리고 대답했다. "엄마는 받을 생각이야."

"그게 사와무라 씨의 유지遺志라서?"

"글쎄…… 솔직히 말해서, 엄마는 그 사람 생각은 잘 모르겠어. 모르지만, 일단은 돈을 받는다기보다 '맡아둔다'는 마음으로 생각하려고 해."

"흐음."

"그러니 그 돈을 다 우리를 위해 쓸 생각은 없어. 사와무라 씨도 옛날 일을 떠올리고, 엄마라면 그렇게 써줄 거라고 판단했다—그렇게 해석하고 싶어."

"그래…… 그렇다면 알았어." 나는 웃어 보였다. "그리고 엄마, 나도 생각해봤는데, 어쨌든 간에 우리가 설령 유증을 거절한다고 해도 그동안의 경비나 피해보상은 받을 권리가 있을 거 같아."

실제로 협박 전화며 끈질긴 기부 요청에—신흥종교 단체가 압도적으로 많았다. 심지어는 '시주 안 하면 저주받는다'는 말까지 했다. 그들이 믿는 신은 무지막지하게 억척스러운가보았다—마음고생한 것만으로도 위자료가 나올 만했다.

이상한 편지도 쏟아졌다. '우리가 가난한 건 너희처럼 교활한 인간이 세상의 부를 부당하게 독점하기 때문이다. 미안한 마음이 있으면 사흘 내에 일억 엔을 이 계좌로 보내라'는, 정말이지 실소를 금할 길이 없는 내용을 필두로 해서, 협박, 눈물 작전, 애원, 아첨, 추종…… 다 모으면 이른바 '아름다운 편지 예문집'의 반대 버전도 만들 수 있겠다 싶을 정도였다.

그중에 딱 한 통, 우리 마음에 와닿는 편지가 있었다. 이 년 전 복권에 당첨되는 바람에 인생이 바뀌어버린 경험담을 써내려간 편지였다. 원래는 중소 식품회사의 관리직이었다고 자기소개를 했고, 손글씨에 익숙해 보이는 남자 필체에서도 그 사실을 뒷받침할 만한 분위기가 감돌았다.

'돈이라는 것은 인간의 본성을 시험하는 '후미에*'입니다.'

편지를 보낸 사람은 그렇게 썼다.

'저는 이렇다 할 취미도 없이 그저 복권 구입만을 유일한 낙으로 삼았던 일개 회사원이었습니다. 오롯이 재미를 위해서였지, 일확천금의 당첨을 노렸던 것은 아닙니다. 그런데 막상 일억 엔이라는 상금을 손에 쥐고 보니, 그 돈을 경계로 세상이 90도 정도 비뚤어져 보인다는 걸 깨달았습니다. 차라리 180도로 완전히 뒤집어졌다면 그나마 버틸 수 있었을 텐데요.'

이 사람은 결국 회사를 그만두고, 대출로 산 집도 내놓고, 처가가 있는 지방 도시로 이사가서 지금은 가업을 돕고 있다고 했다.

'이 사회는 순수한 "행운"을 용납해줄 만큼 너그럽지는 않죠. 그러니 어떻게든 그 행운을 깎아내려고 마이너스 압력을 가합니

* 에도시대에 기독교도를 식별하기 위하여 밟게 했던 그리스도·마리아 상 등을 새긴 널쪽.

다. 그저 가만히 참고 견디라는 말씀과 함께, 귀댁 가족이 이 폭풍우를 무사히 헤쳐나가기를 염원할 따름입니다.'

편지와 함께 작은 지방 출판사의 광고 전단지와 주문서가 동봉되어 있었다. 보아하니 이 사람은 자기 경험담을 책으로 엮어낸 모양이다. 참 나…… 쓴웃음이 나왔지만, 한편으로 그 심정을 조금은 알 것 같았다.

이렇게 매일같이 평범한 가정의 우편함 용량을 초과하는 양의 문서가 한꺼번에 밀어닥친다. 곤란해진 집배원은 관리인에게 떠넘긴다. 그런 일이 반복되자 관리인도 화가 나서 관리비를 더 받겠다는 말까지 꺼냈다. 폐를 끼치는 건 사실이라 돈도 내고 사과도 했지만 우리도 기분이 썩 좋지는 않았다. 게다가 "좀더 호기롭게 써도 될 텐데, 남한테 폐 끼치는 생각은 안 하고, 참 억척스러운 가족이야"라고 큰 소리로 떠벌리고 다녔으니까.

그런 상황이니 설령 엄마가 유증을 거절한다고 해도 이런 종류의 피해보상 정도는 받자고 권할 생각이었던 것이다. 아빠가 가출해버린 지금은 더더욱 그랬다.

"그래서 말인데…… 으음, 마사오. 우리 한동안 다른 데로 이사 갈까?" 엄마가 말을 꺼냈다. "여기서는 더이상 평범한 생활을 할 수 없잖니. 마에카와 선생님도 그러라고 권하셔. 위험을 피하기 위해서라도 당분간 어딘가로 몸을 숨기는 게 좋겠다고."

마에카와 선생님이 말하는 '위험'이란 강도 따위를 가리키는 것일 테다. 나는 고개를 끄덕였다. "좋아. 이제 곧 여름방학이니까. 한동안 다른 데 가 있으면 조금은 분위기가 가라앉겠지?"

엄마가 씁쓸하게 웃었다. "그러면 얼마나 좋겠니. 네가 전학이라도 가게 되면 곤란할 테니까."

"그건 괜찮아."

나에게는 시마자키가 있으니까……라고 속으로 생각했다.

"이사 생각은 전부터 했었는데, 아빠가 나가는 바람에 더더욱 필요해졌어. 불쾌하겠지만, 이웃 사람들이 뭐라고 하든 상관하면 안 돼—"

얘기하던 엄마가 입을 다물었다. 한 손을 올리더니, 나에게 '잠깐만' 하는 시늉을 했다.

그리고 숨죽인 목소리로 말했다. "현관에 누가 있어……"

나는 살며시 의자에서 미끄러져내려가 벽을 따라 이동했다. 거실 문 뒤에서 한쪽 눈으로 엿보니 역시나 현관문이 10센티미터쯤 열려 있고, 그 틈새로 사람 그림자가 보였다. 나는 크게 심호흡하고, 배에 잔뜩 힘을 주며 소리쳤다.

"누구세요!"

아파트 전체에 울려퍼질 듯한 요란한 소리와 함께 문이 닫혔다. 엄마와 내가 달려가 문을 열고 복도로 고개를 내밀었다. 마침 같은 층 맨 끝 집의 문이 막 닫히는 찰나였다. 허둥거린 탓에 뭔가가 문 사이에 끼었다. 멀어서 잘 보이진 않았지만, 색깔로 보아 아무래도 앞치마 자락인 것 같은데—또다시 허둥지둥 문이 열렸다 닫히더니, 안으로 쏙 들어가버렸다.

엄마와 나는 한숨을 내쉬었다.

"여기 사람들 모두 아빠가 나갔다는 것도, 그 이유도 알아"라고 엄마가 작은 목소리로 말했다. "감시당해서 다 새나간 걸까."

"상상하기도 싫지만." 나는 어젯밤에 봤던 옆집 아주머니의 얼굴을 떠올렸다. "마사오카 아주머니가 벽에 컵을 대고 훔쳐듣고 있을지도 모르지."

바로 그때, 벽으로 가로막힌 옆집에서 뭔가가 쿵 하고 넘어지는 듯한 소리가 울려퍼졌다. 뒤를 잇듯이 유리 깨지는 듯한 작은 소리도 들렸다.

아무래도 정곡을 찌른 듯했다. 엄마와 나는 얼굴을 마주보았다.

우리는 마음씨 좋은 옆집 이웃을 완전히 잃어버린 것이다.

"어쨌든 이사가자." 내가 말했다.

7

"걸어가면서 얘기하자." 내가 자전거에서 내리며 말했다.

시마자키와 나는 나란히 자전거를 타고 린카이공원으로 왔다. 가끔 바다가 보고 싶을 때면 찾는 장소였다. 그러나 오늘은 좀 특별했다.

"우리집이나 너희 집에서 얘기하면, 누가 들을까봐 걱정돼서."

주머니에 손을 찔러넣고 터벅터벅 걸으며 내가 말했다. 오늘은 7월 16일. 우리 학교는 아직이지만 고등학교나 대학교는 벌써 여름방학이 시작됐는지 평일인데도 제법 붐볐다. 젊은 커플들이 많았다.

"그렇겠네." 세찬 바닷바람에 얼굴을 찡그리며 시마자키가 고개를 끄덕였다. "엄마랑 얘기해봤어?"

"했지."

"뭐라셔?"

나는 살짝 웃었다. "엄마를 믿으래."

"그렇군." 시마자키가 감탄한 듯이 말했다. "혈액형 건도 확인했어?"

"응. 틀림없었어. 아빠도 사와무라 씨도 똑같이 A형이야. 이것만으로는 긍정도 부정도 할 수 없지. 정식으로 재판이 열려서 친자감정에 들어가면 상당히 높은 확률의 답이 나온다지만, 그러려면 시간이 많이 걸릴 거야."

이런 정보는 마에카와 선생님이 알려주었다. 전화를 걸어 물어보니 의도가 바로 통했는지 친절하게 설명해주셨던 것이다. 그리고 마지막에 미안해하는 목소리로 "어제 너희 아버지도 똑같은 문의를 하셨단다"라고 덧붙였다.

그 대화를 통해 나는 마에카와 선생님을 다시 본 기분이었다. 선생님은 "그런 건 어린 네가 신경쓸 일 아니야"라는 말로 어물쩍 넘어가려고 하지 않았으니까. 이런 어른은 의외로 드물다. 엠앤엠즈 초콜릿 한 봉지에 초록색이 아주 조금밖에 없는 거나 마찬가지다.

잠시 말없이 걸으며, 도쿄만 같지 않게 짙푸른 바다를 바라본 뒤에 시마자키가 물었다. "그래서, 이제 어떡할 거야?"

나는 오른편에 보이는 수족관 돔을 가리켰다. "일단 저쪽으로 가자. 가끔은 안쪽도 구경해야지."

넓디넓어 어디 있는지 찾기도 힘든 입구에 도착해서 입장료를 내고 안으로 들어갈 때까지 우리는 말없이 나란히 걷기만 했다. 고등학생쯤 돼 보이는 남녀 무리가 시끌벅적하게 떠들고 웃으며 우리를 앞질러갔다.

"우아, 엄청 크네."

들어가자마자 나오는 로비에 이 수족관의 자랑거리인, 다랑어가 헤엄치는 모습을 한눈에 볼 수 있는 거대한 원형 수조가 있었다. 거대한 은빛 탄환 같은 다랑어가 오른쪽에서 왼쪽으로 시야를 가로지르며 끊임없이 나타났다 사라졌다. 잠시 그 모습을 바라보다가 내가 천천히 말했다.

"저기, 나 좀 도와줄래?"

"뭘?"

"조사해보고 싶어. 냉정함을 지키기 위해서. 가만있으면 자꾸

잡생각이 떠올라서 아무한테나 화풀이하고 싶어지거든. 그런 건 에너지 낭비잖아."

충격적인 일이 한둘이 아니었다. 아빠가 했던 말. 내가 남자 중의 남자라고 존경해온 미야케 소장님이 엄마를 의심하는 얘기를 하며 아빠를 부추겼다는 것—

그러나 그런 것에 발목을 잡혀서는 안 된다.

다랑어가 열 마리쯤 스쳐가는 동안 시마자키는 말이 없었다. 이윽고 안경을 벗고 주머니에서 수건을 꺼내더니 공들여 렌즈를 닦고 다시 집어넣었다. 그리고 안경을 쓰지 않은 채로, 갑자기 어린애처럼 천진해 보이는 얼굴로 나를 보았다.

"그 말인즉슨, 너희 엄마가 한 말이 사실인지 아닌지 조사해보겠다는 뜻이야?"

"응."

"너희 아빠의 의혹을 풀어주기 위해서?"

"그것도 있지만…… 아니, 사실은 날 위해서야."

다른 누구보다 나와 밀접하게 관계된 일이다. 나의 출생과. 살면서 '출생의 비밀'이라는 말과 얽히게 될 날이 올 줄은 꿈에도 몰랐지만, 어쨌든 날아든 불똥은 떨어내야 한다.

"엄마를 그냥 믿어줄 순 없을까? 너 자신을 위해서라면 그게 가장 좋을 텐데. 네 엄마야." 시마자키가 말했다.

"믿어. 믿고 싶어."

"그럼……"

"하지만 나와 관련된 의혹은 역시 내 손으로 풀어야 할 것 같아. 어쩌면 나중에 진짜로 재판이 열려서 친자감정을 받게 될지도 모르지. 그러면 어쩔 수 없겠지만, 난 물건 취급 당하는 건 사양이야. 유전 실험에 쓰이는 완두콩이 아닌걸."

누구보다 먼저 나 스스로 해답을 찾아내고 싶었다. 불가능하더라도 최소한 노력은 해보고 싶었다.

"어린애라고 해서 이런 때 주저앉아 찔찔대고, '제발 나한테 상처주지 마'라면서 슬퍼할 권리는 없어. 수동적으로 굴면 안 돼. 그렇게 생각 안 해?"

시마자키는 여전히 말없이 다랑어를 바라보았다. 나는 그의 옆얼굴을 보며 대답을 기다렸다.

이윽고 천천히 안경을 쓴 후, 시마자키가 내 쪽으로 돌아섰다.

"친구야" 하며 씩 웃었다. "큰 결심 했다."

나도 같이 웃었다. "도와줄 거지?"

조사에 들어가려면 우선 기본적인 의문점부터 정리해야 한다. 무작정 돌아다녀봐야 헛수고일 뿐이다.

"먼저 지극히 객관적으로 보면 어때? 사와무라 씨는 왜 우리 엄마한테 재산을 남겼을까?"

울긋불긋한 열대어 수조 앞에서 걸음을 멈추고 내가 본론을 꺼냈다. 간접조명이 밝혀진 층에서 이쪽이 제일 구경꾼이 뜸했다. 아름답긴 하지만 요즘에는 웬만한 카페 같은 데서도 이런 열대어를 쉽게 볼 수 있어서일 것이다.

"솔직히 터놓고 말해도 돼?"

"물론이지."

안경테를 살짝 밀어올리고 시마자키가 말했다. 진지한 얼굴로 수조 쪽을 보면서.

"처음 유증 얘기를 들었을 때부터 난 '혹시나' 했었어."

"그 말은—"

"응. 너희 아빠나 회사 사람들 얘기처럼. 아주머니랑 사와무라 씨가 깊은 관계였고, 네가 그 사람 아들일 가능성."

"깊은 관계라." 나는 중얼거렸다. "함축적인 표현이네."

"그래, 깊고—깊은 곳에 살겠지, 저 물고기는."

시마자키가 뜬금없이 화제를 바꿔서 나는 뒤를 돌아보았다. 그리고 아하 하고 이해했다. 바로 옆에서 노타이셔츠를 입은 깐깐한 인상의 아저씨가 우리를 유심히 쳐다보고 있었던 것이다. 방금 나눈 대화를 들은 듯했다.

"응, 그렇지, 틀림없이 깊은 곳에서 헤엄쳐다닐 거야."

내가 장단을 맞추자 아저씨는 여전히 의심스러운 표정으로 우리를 힐끗힐끗 돌아보며 멀어져갔다.

"여기도 해달이 있으면 좋을 텐데!"

시마자키가 일부러 귀여운 목소리를 내며 외친 후, 다시 진지한 표정으로 돌아와 내 쪽을 보았다. "기분 상하게 하고 싶진 않지만, 우리 부모님도 그런 말을 한 적이 있어."

"여기도 해달이 있으면 좋겠다고?"

"바보야, 그 말이 아니고. 깊은 사이 말이야."

"알아." 나는 웃었다. "그게 당연한 걸까……"

"당연하다는 건 아니야. 하지만 훨씬 받아들이기 쉽지. 그럴듯하잖아. 너희 엄마가 한 옛날 이야기보다는."

"그건 인정해. 그런 이야기는 아무래도 있는 그대로 받아들이기 힘들지."

그런데 시마자키가 재빨리 고개를 저었다. "아니, 그렇진 않아. 난 그것까지 부정하는 건 아니야. 너희 엄마가 들려준 일이 실제로 있었고, 사와무라 씨가 그에 대한 감사로 돈을 남겼다는 시나리오는 절대 이상하지 않아."

"그런가."

"응. 그렇게—뭐랄까, 으음, 외로운 늑대라고 하나? 요즘은 안 쓰는 말일지 모르지만, 아무튼 그렇게 살아온 남자가 아무런 보상 없이 자기를 도와준 아가씨를 잊지 않고 살아왔다는 건 전혀 이상하지 않아. 충분히 있을 수 있는 일이야."

"그럼, 있을 수 없는 일은 뭔데?"

시마자키가 하얀 이마를 찡그리며 고뇌에 찬 표정을 지었다.

"만약 정말로 사와무라 나오아키—에이, 귀찮네. 그냥 '사와무라 씨'라고 할게. 사와무라 씨가 정말로 고마운 마음에 너희 엄마한테 돈을 남겨주려 했다면, 이렇게 막무가내로 무신경한 방법을 택했을 리 없다는 거지. 생각해봐. 그는 보통 사람보다 훨씬 머리가 좋아. 세상 물정에도 훤해. 훤한 정도가 아니라, 제 손바닥 위에 올려놓고 돈을 벌어들인 사람이잖아. 유언으로 돈을 남기면 받는 사람들에게 어떤 소동이 벌어질지 충분히 상상하고도 남았을 거라고. 게다가 너희 엄마 말에 따르면, 그 사람과 너희 엄마는 이십 년도 전에 고작 이 주 정도 알고 지냈을 뿐이야. 극단적인 경우라면, 너희 엄마—으윽! 이것도 귀찮다. 그냥 '사토코 씨'라고 해도 될까?"

"응, 허락할게."

"좋아. 사토코 씨가 자기를 잊어버렸을 가능성도 있단 말이지. 그럴 경우에는 대체 어쩔 셈이었을까?"

수조에서 수조로 천천히 이동하며 나는 시마자키의 의견을 곰곰이 곱씹어보았다. 눈앞에서는 하늘하늘한 옷을 걸친 샛노란 물고기가 수면 위로 떠올라 입을 뻐끔거리고 있었다.

"무슨 말인지 알겠지? 만약 그 사람이 정말 감사의 표시로, 이십 년 전에 말로만 한 약속을 지키기 위해 돈을 남기고 싶었다면, 훨씬 섬세하게 배려하는 방법을 썼을 거야. 절대 이상한 의심을 사지 않도록. 그는 바보가 아니야. 두 사람의 옛날 이야기를, 단지 그게 진실이라는 이유만으로 모든 이들이 믿어줄 만큼 세상이 만만하지 않다는 것쯤은 익히 알고 있었을 거라고. 보기 드문 진실보다는 흔한 거짓말이 훨씬 살아남기 쉽다는 걸 말이야."

"응…… 충분히 이해돼."

"그렇다면 여러 가지 대비를 해둘 수도 있었어. 그 정도 마음을 쓸 수 있었을 테고, 유언장을 작성할 시간적 여유도 있었으니, 직접 사토코 씨와 가족을 불러서 자기 입으로 사정을 설명하며 고마운 뜻을 전하고, 돈을 받아주겠느냐는 의사를 타진할 수도 있었잖아. 그랬으면 적어도 사토코 씨 남편과 자녀가 이상한 의심을 사고 오해에 시달리는 결과는 벌어지지 않았겠지, 안 그래?"

"그래." 나는 말했다. 노란 물고기가 또다시 입을 뻐끔거렸다. 그것마저도 "그래, 꼬마야, 네 친구 말이 맞아"라고 말하는 것처럼 보였다.

"그런데도 실제로는 이렇게 주위에 폐를 끼치는 방법을 택했어. '좀 놀라게 해주고 싶었거든, 하하하.' 그러고서 넘어갈 문제가 아니야. 자기는 죽어버렸으니 상관없겠지만, 남은 사람은 감당하기 힘들지."

"자칫하다가는 친자감정까지 하게 생겼으니."

"그렇지. 네가 사와무라 씨의 숨겨진 자식—자식을 숨긴대, 이 물고기는, 외부의 적으로부터 지키기 위해 바위 그늘에 알을 낳는 거지. 도감에서 읽었어."

또다시 화제가 급변해서 돌아보니, 이번에는 '건전함 그 자체'인 가족 동반객이었다. 두 살쯤 되는 여자아이를 안은 젊은 아빠와 배가 불룩하게 나온 젊은 엄마가 나란히 눈을 휘둥그레 뜨고 우리를 쳐다보았다.

"알을 숨긴다고? 재밌네. 넌 정말 척척박사구나."

내가 감탄한 듯이 말하며 그들을 향해 미소 지었다. "그쵸, 그렇게 생각하지 않으세요?"

부부는 서로의 얼굴을 마주보며 멀어져갔다. 그 뒤에 대고 시마자키가 신이 난 듯이 소리를 높였다. "빨리 판다돌고래 수족관으로 가자."

내가 속삭이듯이 말했다. "여기 판다돌고래는 없어."

"아, 피곤해." 시마자키가 한숨을 내쉬었다. "밀담 장소를 잘못 골랐어."

"그렇지만 우리 둘이서 카페에 갈 수도 없고, 맥도날드는 너무 시끄러워서 대화가 안 되잖아."

"미성년자는 진짜 불편하구나. 아무튼—으음, 어디까지 말했지?"

"내가 사와무라 씨의 숨겨진 자식—"

"아, 맞다. 네가 숨겨둔 자식일지 모른다는 의혹을 불러일으켜 놓고, 미안하다는 선에서 넘어갈 순 없을 테니까."

다음 수조로 다가가니 아무것도 없었다. 해초가 하늘거릴 뿐이었다.

"여긴 비었네."

조금 떨어져서 게시판을 뚫어져라 올려다보던 시마자키가 "아냐, 있어"라고 말했다.

"뭐가?"

"전기뱀장어."

그러나 아무리 살펴봐도 수조는 텅 비어 있었다. 나는 가까이 다가가 유리에 양손과 얼굴을 찰싹 붙였다.

"어디?"

"네 왼손 쪽에."

과장 없이, 나는 1미터쯤 펄쩍 뛰어오르며 뒤로 물러섰다. 아닌 게 아니라 눈앞 바위 사이에 미끈미끈하고 길쭉한 물체가 누워 있었다. 너무 가까워서 몰랐던 것이다.

"쫄기는. 유리 너머잖아. 감전당할 위험도 없는데."

"길쭉하게 생긴 건 싫어. 장어고 뱀이고 갯지렁이고 지렁이고, 싹 다."

"좋아하는 사람은 별로 없지." 시마자키가 말하며 다음 수조로 걸어갔다.

"네 설명은 다 이해했어." 바지에 손을 문질러 뱀장어와 간접 접촉한 감촉을 떨쳐내며 내가 말했다. "다시 말해, 절대 어리석지도 무신경하지도 않은 사와무라 씨가 이렇게 막무가내로 일을 저

지른 데는 어떤 의도가 있었을 거라는 뜻이지?"

"빙고."

"그렇다면, 그 의도는 대체 뭘까?"

우리는 그 층에서 나와 계단을 올라갔다. 다 올라갔을 때 시마자키가 입을 열었다.

"너무 나아갔는지도 모르지만, 난 사와무라 씨가 죽으면서 자기 자신을 상장한 게 아닐까 싶어."

"상장?"

"학교에서 주는 상장 말고, 주식을 공개해서 투자를 모집하는 거 말이야. 너도 사전 좀 보고 살아라."

"그 정도는 나도 알아."

"그럼, 이 비유의 의미도 알겠지?"

정확히 알지는 못해서 나는 입을 다물고 있었다. 시마자키가 씩 웃었다.

"사와무라 씨는 사토코 씨와 사토코 씨의 아들이 자기라는 주식을 얼마나 사줄지, 시험해보고 싶었던 게 아닐까?"

"……그게 무슨 소리야?"

시마자키가 천천히 말했다. "다시 한번 솔직히 말해도 될까?"

"좋아." 나는 각오를 다지며 배에 힘을 꽉 주었다. 때마침 인내심 강해 보이는 거북의 수조 근처였다.

"그냥 개인적인 생각이니까, 그렇게 알고 들어. 난 아무래도 사토코 씨가 거짓말을 한다고 봐."

"엄마가 거짓말을?"

"응. 사와무라 씨와의 연결고리가 그 일 하나만은 아닐 거야."

지금까지 나눈 얘기를 종합해보면 당연히 그런 결론이 나오겠지만, 확신하는 말을 들으니 가슴이 좀 철렁했다.

"사토코 씨가 마에카와 선생님한테서 그 사람 이름을 들었을 때의 반응만 봐도 그래. 이십 년 전에 잠깐 만났던 사람을 바로 떠올렸잖아."

'그분이 돌아가셨어요?'

"역시 두 사람은 한때 사적인 관계를 맺었던 게 아닐까? 그건 너희 아빠 생각이 맞을지도 몰라."

"그…… 한때라는 게 어느 정도인지는 모르겠지만, 적어도 사와무라 씨가 나를 자기 아들일지 모른다고 생각할 정도인 건 확실하겠지?"

"그렇지. 그럴 거야." 시마자키가 고개를 살짝 갸웃했다. "두 사람이 만난 게 이십 년 전이랬지? 사토코 씨가 만 열아홉 살 때. 그리고 네가 태어난 게 스물여섯 살 때니까, 만난 지 칠 년 후인가?"

"칠 년씩이나 사귀었을까?"

"아니, 꼭 그렇다고 할 순 없어. 칠 년 사이 어느 시기에 재회했을지도 모르고."

"어쨌든 엄마가 두 남자를 동시에 만난 시기가 있었다는 거네."

거북 수조에서는 비릿한 냄새가 풍겼다. 나는 콧잔등을 찡그렸다. 사실은 다른 이유로 그러고 싶었는데 거북 탓으로 돌렸는지도 모른다.

"흔한 일이야." 시마자키가 조용히 말했다. "인간이란 자로 재듯 판단할 수 없는 존재니까. 그리고 결국에 사토코 씨는 너희 아빠를 선택했잖아?"

"아빠한테 물어봐야겠네."

"뭘?"

"옛날에 엄마랑 사귀면서 경쟁자의 존재를 느낀 적이 있었는지."

"묻는 거야 쉽지만, 대답은 안 해줄걸. 더군다나 지금은."

내가 물끄러미 수조만 바라보고 있자 시마자키가 처음으로 약간 주저하는 말투로 바뀌었다. "그냥 나만의 상상이야. 그걸 잊으면 안 돼."

"괜찮아." 내가 얼굴을 들고 웃어 보였다.

"방금 기억났는데. 난 예정일에 안 맞게 태어났어."

"무슨 소리야?"

"할아버지가 알려줬어. 나는 아빠랑 엄마가 결혼한 지 팔 개월 만에 태어났대. 그런데 미숙아도 아니었고. 어때, 예정일이 안 맞지?"

시마자키가 입을 살짝 벌린 채로 침묵했다. 이윽고 입끝을 올리며 웃었다. 그러나 눈빛은 진지했다.

"사토코 씨는 사와무라 씨와 사귀었다. 그러나 결국에는 헤어졌고, 너희 아빠—오가타 유키오 씨와 결혼했다. 그리고 네가 태어났다. 그대로 십삼 년이 흘렀다—"

그때 갑자기 눈가리개가 벗겨진 것처럼 나에게도 시마자키의 생각이 보였다. 이해할 수 있었다.

머릿속에 떠오른 것은 평생 혼자서 외롭게, 아무런 연고도 없이, 처자식도 가정도 없이, 자기 뒤를 이어줄 존재, 자기가 살아온 증거를 하나도 남기지 못하고, 고작 쉰다섯이라는 젊은 나이에 죽음을 앞둔 남자의 얼굴이었다.

그렇다, 그는 고작 쉰다섯 살이었다. 죽음의 선고는 뜻밖이었을 것이다. 그 나이에 죽으리라고는 상상도 못했을지 모른다. 아직 못다 한 일이 남았다고 생각했을지도 모른다. 내 인생은 대체 무엇이었는지 새삼스레 고민하게 됐을지도 모른다. 나는 무엇을 위해 살아왔을까? 내가 살았다는 것을 누가 기억해줄까?

그러다 병상에서 불현듯 떠올렸다. 십사 년 전에 헤어진 여자와, 그 사람이 낳은, 어쩌면 자기 자식이었을지도 모르는 갓난아기를……

"증거는 없어." 시마자키가 부드러운 투로 말했다. "그때야말로 친자감정 같은 걸 할 시간도 없었지. 그래서 그는 큰 도박을 한 거야. 절대 잊으면 안 돼. 사와무라 나오아키는 투기꾼이었어. 죽음을 앞두고, 자기 자신을 고스란히 걸어본 거야. 다른 누구도 아닌 사토코 씨에게."

동전의 앞면이 나올까, 뒷면이 나올까.

"너무나 잔혹하고 자기중심적인 방식이야. 하지만 오히려 그렇기에 더더욱 원했던 게 아닐까? 다른 사람은 아무려나 상관없다. 사토코 씨라면 그런 방법이 자기답다고 이해해줄 것이다. 제삼자에게 자세한 사정을 설명할 필요는 없다. 그냥 돈을 남겨주면, 사토코 씨는 분명히 알 것이다. 나아가 사토코 씨가 돈을 받을지 안 받을지, 받는다면 어떤 식으로 받을지. 자신이 이길지, 사토코 씨의 십사 년 세월이 이길지. 그는 그런 승부를 건 거야. 도박에 건 것은 그 자신이고, 오억 엔이라는 돈은 그러기 위한 방편이었을 뿐."

나는 '사와무라 씨와는 아무 일도 없었어. 믿어주렴'이라고 말하던 엄마의 얼굴을 떠올렸다.

'넌 아빠 아들이야.'

그렇다면 엄마는 도박에 응할 생각이 없는 걸까? 그렇지만 돈은 받겠다고 말했다. 아빠는 집을 나가버렸다.

밀고 당기기는 이제 막 시작된 것이다.

"뭐 이런 놈이 다 있어!"

무심코 크게 소리치자 시마자키가 뜬금없이 이렇게 말하는 게 들렸다.

"바보야, 그건 그냥 자라야."

깜짝 놀라 정신 차려보니, 거북 수조 앞에 못박힌 듯한 우리 옆에 한 여자가 서 있었다. 물비린내를 밀어내듯 향수냄새가 풍겼다.

"맞아, 꼬마야. 생김새가 좀 특이하지만, 저건 자라란다." 그렇게 말하며 시마자키에게 미소를 지었다. "잘 아네."

시마자키는 안간힘을 다해 거짓 미소를 띠고 있었다. 이 여자분은 우리 얘기를 어디쯤부터 들었을까.

"도감에서 봤거든요."

"그랬구나. 자라는 먹을 수 있어. 그것도 아니?"

"네, 알아요. 그치만 너무 잔인해요."

"그런 식으로 따지면 아무것도 못 먹겠지만…… 맞아, 인간은 잔인해."

몇 살쯤 됐을까…… 마흔다섯 살은 돼 보인다. 아무튼 아주 아름다웠다. 늘씬하고 우아해서 심플한 검은색 정장이 잘 어울렸다. 우리를 향해 생긋 미소 짓는 입술만 옅은 붉은빛이었다.

가슴팍의 스탠드업 칼라 언저리에 굵은 진주알이 박힌 눈물 모양 브로치가 달려 있었다. 내가 넋 놓고 바라보자 그 사람은 한 손을 들어 브로치를 어루만졌다.

"이거 마음에 드니?"

"네……" 나는 거의 꿈꾸는 듯한 기분으로 고개를 끄덕였다. "멋져요."

"고마워." 시마자키와 나를 공평하게 번갈아 보고 물었다. "너희는 여기 자주 오니?"

"가끔요." 시마자키가 대답했다.

"난 처음이야. 아름다운 곳이구나."

"문 연 지 얼마 안 됐거든요."

"신기하지. 동물원에 가면, 늘 우울해지거든…… 살아 있는 동물을 가둬두는 게 싫으니까. 그런데 수족관은 그렇지 않아. 불공평하지만."

"물속에 사는 생물한테는 표정이 없으니까요." 시마자키가 천천히 말했다. "동물원의 동물들처럼 서글퍼 보이지 않아서 그런 게 아닐까요?"

여자가 얼핏 웃었다. "그런가? 알고 보면 울고 있을지도 모르지. 눈물이 보이지 않을 뿐."

시선을 맞추며 뭐라고 말할지 궁리하는 우리 머리 위에 그 사람이 번갈아가며 손을 살짝 얹었다. 그리고 말했다. "그럼 또 보자, 꼬마들. 분명 여기서 다시 만날 일이 있을 거야."

그 사람이 사라진 후에도 한참 동안 향수냄새가 감돌았다.

시마자키가 감탄한 표정으로 중얼거렸다.

"마담 아쿠아리움이네."

'여기서 다시 만날 일이 있을 거야.'

그 약속은 틀림없이 지켜진다. 그러나 아직은 먼 훗날의 얘기다.

하프타임

누군가가 나에게 '공중으로 번쩍 올려주는 놀이'를 해준 기억이 난다.

몇 살 무렵이었는지는 정확히 기억나지 않는다. 아주 어린 시절이었겠지. 많아봐야 세 살—아니, 세 살도 몸무게가 제법 나갈 테니 두 살 정도였지 싶다.

아시죠? 아기를 공중으로 번쩍 올렸다가 받아주는 놀이. 대부분 아빠가 해주는 놀이다. 팔심이 있어야 하니까.

아기를 천장 가까이까지 들어올리거나—때로는 말 그대로 던져올리며 얼러준다. 아기는 무서움과 환희에 까르르 소리를 질러댄다. 눈을 휘둥그레 뜨고 팔다리를 움츠린 채, 떠올랐다 떨어지고, 품에 안겼다 또다시 위로 던져진다. 학문적인 근거 같은 건 없지만 나는 높은 곳에서 떨어지는 꿈이—그 기묘할 정도의 생생함이 틀림없이 이 놀이와 연결되어 있다고 본다.

기억이 떠오른 것은 엄마와 이사 준비를 하고 있을 때였다. 나는 베란다 창고에서 당장 필요할 만한 물건들을 고르고 있었다. 그러다 무심코 고개를 든 순간, 두 층 아래 아파트 안뜰에서 아직 한 살 정도밖에 안 된 아기를 높이 들어올리며 놀아주는 젊은 아빠의 모습을 본 것이다.

"자, 간다, 슝!"

아기의 자지러지는 웃음소리가 우리집까지 들려왔다. 나는 못 박힌 듯 서서 그 모습을 바라보았다. 아기의 웃음소리가 머릿속 깊이 잠들어 있던 기억을 끄집어냈다. 또렷한 영상이 극채색 돌풍처럼 마음속을 훑고 지나갔다.

그래, 분명 저런 적이 있었다. 천장이 가까워졌다가 다시 멀어진다. 누군가의—어른의 목소리가 들리고, 나를 던져올렸다가 받아냈다. 어떤 어른의 강한 팔이. 절대로 나를 떨어뜨리지 않고, 반드시 받아줄 든든한 팔이.

넋 나간 듯이 내려다보고 있는데, 아기 엄마로 보이는 여자가 달려와서 "오래 기다렸지" 했다. 젊은 부부는 아기를 유모차에 태운 후 안뜰에서 나란히 걸어나갔다. 쇼핑이라도 가는 눈치다.

'자, 간다, 슝!'

응, 더 높이, 한 번만 더, 한 번만 더, 응, 아빠. 아기들은 무서워서 반쯤 울상을 지으면서도 하나같이 그렇게 졸라댄다. 무섭지만 재밌으니까. 아빠는 절대 날 떨어뜨리지 않을 거라고 믿으니까. 그러니까 응, 한번 더 해줘, 아빠.

아빠.

하지만 우리 아빠는 그런 놀이를 해준 적이 없다. 그건 너무도 확실하다. 자기 입으로 그렇게 말했으니까.

"마사오."

갑자기 등뒤에서 부르는 소리에 놀라서 돌아보았다. 엄마였다.

"왜 그렇게 멍하게 서 있니?"

엄마는 옷으로 꽉 찬 여행가방을 들어올리려다 "아유, 엄청 무겁네" 하며 얼굴을 찡그렸다.

"저기, 엄마." 내가 서둘러 물었다. "아빠가 옛날에 허리 삐끗해서 입원한 게 언제였지?"

이번에는 엄마가 놀란 표정을 지었다. "뜬금없이 그런 걸 왜 묻니?"

"방금 기억이 나서. 그런 적 있었지?"

엄마는 옆에 있던 수건으로 팔과 목을 훔치고 고개를 끄덕였다.

"있었지. 네가 아직 아기였을 때지만."

"몇 살 때야?"

"한 살쯤이었나."

그래…… 그랬을 거야…… 틀림없어.

아빠는 젊은 시절부터 허리가 안 좋았다. 학창 시절 운동하다

다친 곳을 방치한 게 화근이었던 모양이다. 스물다섯 살 이후부터 통증을 느낄 때가 잦아졌고, 서른 살에 결혼한 당시에는 종종 병원을 다니면서 가능한 한 빨리 근본적인 치료를 하는 게 좋겠다는 권유를 받았다고 한다.

물론 나는 당시 상황은 모른다. 말로만 들었을 뿐이다. 게다가 현재 아빠한테서는 그런 질환의 흔적조차 찾아볼 수가 없다. 큰맘 먹고 수술을 받은 뒤로 싹 나아서 무거운 것도 아무렇지 않게 들어올린다. 그래서 골프도 치는 것이다.

그러나 요통에 시달린 당시에는 제법 심각했던 모양이다. 결국은 서른두 살 때 꿈쩍도 못할 정도로 아파서 병원으로 실려갔다.

당시 나는 한 살……

입원, 수술, 그후 재활까지 반년 넘게 걸렸다고 한다. 완치된 후에도 일이 년은 각별히 조심하느라 격한 운동도 하지 않고 무거운 물건도 들지 않았다고 얘기한 적이 있다. 의사 선생님 말에 따르면, 하루종일 앉아 있다시피 하는 직장인은 모두 '요통 환자 예비군'이라고 한다. 다시 말해 그냥 '앉아 있기'만 해도 허리에 부담이 가는 것이다. 그러니 거기서 더 부담이 되는 행동은 철저하게 삼가해야 한다. 요통을 앓던 시절에는 "젓가락보다 무거운 건 들 일이 없는 부잣집 따님처럼 살았다"고, 다른 사람도 아닌 아빠가 직접 말한 적이 있다.

그럼, 그 무렵 나를 공중으로 던지며 놀아준 사람은 과연 누구였을까?

아빠는 아니다. 수술 전에는 그럴 만한 상태가 아니었고, 수술 후에는 할 수 있어도 하지 않았을 것이다.

그럼, 누구였지?

할아버지나 큰아버지나 이웃 사람일까? 아니면 아빠의 친구? 그렇다, 가능성은 여러 가지다. 하지만—

"얘가 또 왜 이러니? 정말 이상하네."

퍼뜩 정신을 차리니 엄마가 이쪽을 바라보고 있었다. 땀범벅에 허리춤에는 수건을 차고 있다. 멋진 차림새는 아니었지만 얼굴은 환하게 빛났다.

"잊어버린 거 없을까?" 내가 말했다. "꼭 여행 가는 기분이야."

"그렇지. 가구는 그대로 있으니까……"

이사라고 해도 당장 멀리 갈 수는 없다. 앞으로 생각할 일도 많고, 정리해야 할 일도 있다. 그래서 엄마와 나는 당장 필요한 것들만 챙겨서 시내에 있는 위클리맨션으로 옮기기로 결정했다.

오억 엔을 유증받기 위한 법적 절차는 무사히 마무리되었다. 돈이 모자라진 않으니 이번 여름은 임대 별장에서 지내라고 마에카와 선생님이 권유했지만, 엄마는 찬성하지 않았다.

"아무래도 도시를 벗어나는 건 불안해요. 게다가 남편 문제도 있고……"

그러자 이번에는 호텔급 설비를 장점으로 내세우는 위클리맨션을 소개해준 것이다. 사장님이 마에카와 선생님의 동창인가 해서, 보증금 면제라는 파격적인 대우를 해주었다.

"보나마나 나중에 좀더 큰 거래를 따낼 생각으로 서비스해주는 걸 겁니다" 하며 선생님이 웃었다.

시내 한복판이나 다름없는데, 밤에는 오히려 더 조용해지는 것이 놀라웠다. 이제 난리통에서 해방되겠다 싶었다.

오억 엔이라는 돈 역시 선생님이 소개해준 은행에 한꺼번에 넣어두었다. 아직은 그 돈에 손댈 생각이 없다고 엄마가 말했다. 평생을 좌우할지도 모를 돈이니까. 나도 그 의견에는 찬성했다.

"―아빠 짐은 어떡할 거야?"

내 질문에 엄마는 잠깐 뜸을 들인 후 대답했다.

"여기 그냥 놔두면, 조만간 가져가겠대."

끝내 이혼하게 된다면 이 집은 부부간 공동재산에 속한다. 처분방법을 결정하는 건 그후의 일이다.

요즘은 아무래도 매스컴도 조용해졌다. 이웃 사람들도 왠지 모르게 '멀찍이 에워싼' 느낌이었다. 여전한 것은 협박 전화나 장난전화, 예금과 투자를 권유하는 은행이며 증권회사, 수상쩍은 부동산 영업, 신흥종교 포교―등등, 실로 미지의 방향에서 밀려오는 공격뿐이었다.

그리고 그것들은 시간이 갈수록 더욱 심해졌다. 한밤중에 초인종을 누르거나, 우편함 가득 문서를 채워놓거나. 그러나 뭐니뭐니

해도 가장 끔찍한 것은 전화 공격이었다. 한밤중이고 새벽이고 가리지 않고, 심할 때는 밤새도록 십 분 간격으로 걸었다가 아무 말 없이 끊기도 했다. 전화번호를 바꾸고 또 바꿔도 끈질기게 알아내서 들러붙었다. 정말이지 감탄할 만한 집념이었다.

거처를 옮긴 것이 알려지면 또 쫓아올 테니 집전화 회선은 그대로 두기로 했다. 다만 벨이 계속 울려대면 이웃에 피해가 될 테니 코드를 뽑아버렸다.

몇 번이든 걸어보시지. 아무도 안 받을걸!

"이거 가져갈 거야?"

내가 가리킨 것은 베란다에 있는 분꽃 화분이었다. 제법 줄기가 굵어져서 군데군데 노란 꽃을 피우고 있었다.

작년 가을 끝 무렵이었을까. 엄마가 어디서 씨를 받아와서 심어본 것이었다. 그전까지는 화초에 전혀 관심이 없어서 베란다에도 풍경을 달아둔 게 전부였는데 별일이다 싶었다.

"노란 꽃을 피운다는구나. 흰색이나 분홍색 분꽃은 봤지만 노란색 꽃은 특이해서 씨를 받아왔어."

실제로 올해 들어 피기 시작한 꽃을 보니 노란색과 노란색에 하얀 반점이 있는 것 두 종류였다. 우리집에 놀러온 시마자키도 "예쁘다"며 칭찬해준 적이 있었다.

분꽃은 생명력이 강해서 가만둬도 쑥쑥 커버린다. 지금도 화분을 뚫고 나올 기세다.

“놔두고 가면 불쌍하지. 물 안 주면 말라버릴 텐데.”

“그럼 들기 쉽게 끈으로 묶을까?”

“조심해. 떨어뜨리면 바로 깨지니까.”

엄마는 그렇게 말하며 내 머리를 수건으로 닦아주었다.

“어휴, 땀범벅이네. 배 안 고프니? 나가기 전에 뭐 좀 해줄까?”

“그러네. 냉장고도 비워야 하잖아.”

“아! 그래야지. 깜박했어.”

엄마는 소면을 삶고, 남아 있던 달걀 여섯 개로 커다란 오믈렛을 만들었다.

“〈해바라기〉라는 옛날 영화가 있는데.”

엄마가 오믈렛을 잘라 먹으며 말했다.

“거기서, 신혼부부가 열 개—아니, 더 많았나—아무튼 달걀을 잔뜩 깨서 엄청나게 큰 오믈렛을 만드는 장면이 나와. 슬픈 영화였지만 그 부분은 재미있었지. 그 생각이 나네.”

“비디오로 나왔을까?”

“나오지 않았을까? 좋은 영화니까 너도 한번 보렴.”

“응.” 고개를 끄덕이면서 나는 말 못한 질문 하나를 꿀꺽 삼켰다.

엄마, 그 영화—

누구랑 봤어?

후반전

1

대망의 여름방학이 시작된 그날, 시마자키와 나는 조사에 착수했다.

중학생의 여름방학은 상당히 바쁘다. 나는 축구부원이고, 시마자키는 놀랍게도 장기부원으로 스케줄이 꽉 차 있었다. 양쪽 다 중요한 일정이었다. 시마자키나 나나 8월 첫주부터 시작하는 집중강화훈련과 20일부터 하는 합숙에는 반드시 참가하겠다고 약속하는 조건으로 간신히 휴가를 얻어낼 수 있었다.

으음, 약간 껄끄러운 고백을 하자면, 나는 일개 볼보이 부원이고 오억 엔 소동의 후유증도 있고 해서 선생님이 비교적 수월하게 허락해주었다. 문제는 시마자키 쪽이었다. 그애는 1학년 애송이 주제에 담당선생님과 맞상대로 겨룰 정도로 실력이 좋아서 가을 대회 에이스로 기대를 한몸에 받고 있는 입장이었다.

시마자키는 특별활동을 잠시 쉬는 이유를 아무에게도 얘기하지 않은 듯했다. 나로서는 고마웠다. 그도 그럴 것이 내 개인적인 조사 때문에 자기들의 희망이자 새로운 에이스를 학교 밖으로 끌어냈다는 사실이 밝혀지면 장기부원들이 날 가만두지 않았을 테니까. 장기부 부장은 유도부에도 가입한 멀티플레이어 3학년 선배이니, 나에게 '몰이비차* 메치기'나 '도킨** 누르기' 같은 복합 기술을 걸지도 몰랐다.

"뭐라고 둘러대고 쉰다고 했어?"라고 묻자, 시마자키는 뺀질뺀질한 표정으로 "산중에 틀어박혀서 공부한다고 했지"라고 대답했지만 말이다.

아무튼 이렇게 금쪽같은 자유시간을 얻어낸 우리는 머리를 맞대고 조사 계획을 짰다. 가장 먼저 찾아갈 곳은 '이사카장'. 시마자키의 제안이었다.

"만약 우리 생각이 맞는다면, 사토코 씨의 과거를 거슬러올라가며 조사하다보면 반드시 어딘가에서 사와무라 씨의 그림자가 드러날 거야. 전혀 아무것도 없지는 않을 거라고."

---

* 일본 장기에서 비차를 정위치에서 옆으로 움직이는 전법.

** '졸'과 유사한 후효가 승격되어 긴쇼(수비에 특화된 말)의 구실을 하는 것.

무더위가 절정이라 그늘에 들어가도 땀이 가시지 않았다. 한낮의 태양 아래 나와 시마자키는 지도 한 장에 의지해 마을을 돌아다녔다. 주소 체계가 바뀌지는 않았지만 에도가와나 아라카와 주변은 최근 들어 급격하게 재개발이 진행돼서 낡은 상가주택이 철거되고 아파트와 녹지, 상업시설이 늘어났다. 동네 분위기도 이십 년 전과는 딴판일 것이다.

아니나다를까, 이사카장 번지수를 찾아간 우리를 맞아준 것은 흰 벽에 세련된 루프발코니가 달린 5층짜리 아파트였다. 이름은 '반다무르 에도가와'.

나이 지긋한 관리인에게 물어보니, 분양형 아파트인 이 건물의 소유주는 우리도 잘 아는 대형 부동산회사였다.

"예전 땅주인은 여기 안 사나요?"

"등가교환이 아니었으니까. 그런 건 알아서 뭐하게?"

"여름방학 자유연구 과제가 있는데요—" 내가 대답했다. 시마자키와 함께 미리 짜둔 핑계다. "'우리집의 역사'가 주제예요. 옛날 우리 엄마가 살았던 다세대주택이 이 주소였거든요."

"아하." 관리인이 감탄한 표정을 지었다. "거참, 힘든 주제를 골랐구나."

"이건 '한 시민의 쇼와* 역사'이기도 하니까요." 시마자키가 안

* 1926년부터 1989년까지의 일본 연호.

경을 만지작거리며 말했다. "가능하다면, 예전 땅주인의 현주소를 알려주실 수 있을까요?"

이 질문에 관리인 아저씨는 조금 놀란 기색이었다. 우리 뒤에 어른이 있는 게 아닌가 의심스러워졌는지 작은 창 너머로 유심히 관찰했다.

나는 애교 섞인 미소를 지으며 나섰다. "안 될까요, 아저씨? 부탁드려요."

"안 되는 건 아니지만……" 어른이 없는 걸 확인한 관리인이 한결 의심스러워하는 표정을 지었다. "난 그저 고용된 사람이라 동네 사정은 잘 몰라."

"그래도 본사에 문의하면 알 수 있겠죠?" 시마자키가 침착한 척하며 말했다. "전화번호와 담당자 이름을 알려주시면, 저희가 알아볼게요."

관리인은 시금떨떨한 것을 삼킨 얼굴이 되었다. "허 참……"

"토지를 매각한 사람의 현주소를 담당자가 모르고 있을 리 없어요. 이 아파트는 아직 새 건물이잖아요. 기껏해야 지은 지 사오 년 쯤 됐겠죠. 기록이 자료로 남아 있을—"

나는 관리인에게 미소 지으면서 시마자키의 발을 꽉 밟았다. "아저씨, 안 될까요? 뭐 어때요, 알려주세요."

"안 돼." 관리인이 고개를 저었다. 경계심을 품어버린 게 분명했다.

"어차피 본사에 문의해도 소용없을 거다. 개인정보를 외부인에게 쉽게 알려줄 리 없으니까."

쨍쨍 내리쬐는 햇볕으로 나온 내가 시마자키에게 말했다. "너란 녀석은 엄청나게 머리가 잘 돌아가면서 어처구니없게 바보짓을 한단 말이야."

"근처에 상점가 없을까?" 시마자키가 시치미떼고 말했다. "오래된 가게를 찾아보자. 옛날 사정에 훤한, 걸어다니는 사전 같은 주민이 분명히 남아 있을 거야. 이사카장에 대해서도 뭔가 기억하고 있을지 몰라."

결과적으로 그 의견은 옳았다. 바로 옆 상점가에 있는 두부가게 주인이 이사카장 주인의 아들과 친했다며 이사간 곳을 알려주었다. 다만 이번에는 내가 주도권을 잡고, 최대한 중학교 1학년다운 태도로 질문한 덕분에 성공했다는 점을 밝혀둔다.

"다이마쓰하고는 초등학교부터 같이 다녔거든." 두부가게 주인이 말했다.

다이마쓰가 이사카장 주인의 성姓이었다. 토지를 팔고 나간 것이 오 년 전 봄. 이사간 곳은 사이타마현 오미야시. 우리는 시원한 보리차를 한 잔씩 얻어마시고 감사인사를 한 뒤 서둘러 역으로 향했다.

"봤지? 아이답게 행동하면 어른들은 다 친절하게 대해준다고."

시마자키는 뭔가 깨달은 표정이었다. "조리 있게 협력을 요청하는 것보다 어리광 부리는 게 더 효과적이라니, 일본이 아직 네오터니 사회라는 증거야."

"너, 더위 먹은 거 아냐?"

다이마쓰 씨 가족은 오미야시 외곽의 뉴타운에 살고 있었다. 훌륭한 좌우대칭 2세대주택이고 차고도 널찍했다. 초인종을 누르자 스무 살 정도로 보이는 여자가 나왔다.

"네, 누구세요?"

반바지에 하얀 티셔츠, 토스트처럼 잘 그을린 피부였다.

나는 다시 준비해온 인사말을 늘어놓았다. 그런데 채 말이 끝나기도 전에 상대가 미소 지으며 말했다.

"어머, 그래. 너희구나."

"네?"

"두부가게 아저씨한테 전화 받았어. 자유연구 과제를 하는 중학생들이 찾아갈 거라고. 어서 들어와. 덥지?"

친절한 두부가게 아저씨는 끝까지 잘 챙겨주는 사람이었던 것이다. 우리는 누나가 권하는 대로 슬리퍼로 갈아신고 짧은 복도를 지나 거실로 들어갔다.

널찍하고 전체적으로 갈색으로 통일된 쾌적한 공간이었다. 소파에는 사라사 커버가 씌워져 있고, 조개껍데기를 세공한 멋진 풍경이 정원으로 이어지는 통유리창 너머에서 흔들리고 있었다.

"편하게 앉아." 예쁜 누나가 소파 쪽을 가리켰다. "지금 할머니 모셔올게."

"할머니가 이사카장 주인이셨어요?"

"응. 정확하게는 우리 할아버지 할머니가 그 건물을 가지고 계셨어."

"그럼, 할아버지는—"

"미안해서 어쩌지. 이 년만 일찍 왔으면 좋았을걸."

그렇게 말한 누나는 늘씬한 다리를 놀려 집 안쪽으로 사라졌다. 그리고 잠시 후 유리창이 덜덜 떨릴 만큼 크게,

"할머니!"라고 부르는—아니, 고함치는 소리가 들려왔다.

"아하." 시마자키가 안경을 닦았다. "짐작건대 어르신은 귀가 어두우신 모양이군. 그 사실을 명심하고 질문하도록."

"그건 상관없는데." 나는 그애 옆얼굴을 보았다. "셜록 홈스 같은 말투는 자제해줄래?"

"훌륭해, 왓슨! 오늘은 상당히 예리한걸."

잠시 후 거실로 들어온 사람을 어떻게 묘사하면 좋을지, 지금도 잘 모르겠다. 아무튼 몸집이 아주 작은 할머니였다. 한 살씩 먹을수록 조금씩 오그라들어 작아져버린 인상이었다. 슬리퍼를 신지 않은 맨발은 믿기지 않을 정도로 작았고, 발가락은 비뚜름했다. 못해도 여든 살은 됐을 듯했다.

"우리 할머니야." 누나가 소개해주었다. 그리고 가볍게 숨을 들

이마시고는 소리쳤다. "할머니! 아까 내가 말했죠? 이애들이 이사카장에 대해서 알고 싶은 게 있대요."

가까이에서 들으니 뒤로 자빠질 만큼 큰 소리였다. 그런데도 할머니는 "뭐?" 하고 되물었다. 누나가 웃으며 "할머니는 귀가 잘 안 들려"라고 설명하고, 다시 한번 소리 높여 똑같은 말을 반복했다. 이번에는 겨우 뜻이 통한 듯했다.

"아아, 이 아이들이구나."

'우리집의 역사'라는 자유연구를 위해 부모님이 옛날에 살았던 장소를 방문하고, 당시 가깝게 지냈던 사람들이 있으면 만나서 이야기를 들어본다—그런 목적을 설명하는 데만도 상당한 수고가 들었다. 결론부터 말하면 마지막까지 대화다운 대화는 이뤄지지 않은 것 같다. 그런데도 나름대로 만족한 것은 할머니의 협조적인 태도와 누나의 도움 덕분이었다.

누나의 이름은 마사미. 다이마쓰가의 막내 손녀로 단기대학 2학년이라고 했다.

"우리집에서는 내가 인간 확성기야"라며 생긋 웃자 새하얀 이가 드러났다.

"한 석 달 정도, 나도 이사카장에 살았던 적이 있어."

"그게 언제쯤이었어요?"

"철거하기 직전에. 한번은 혼자 살아보고 싶었거든. 별이 잘 드는 게 유일한 장점인 건물이었지."

아무래도 이십 년 전 얘기라 여쭤보기 망설여졌지만, 마사미 씨가 "할머니 나이 정도 되면 옛날 일을 더 잘 기억한대"라고 했다.

실제로 '사사키 사토코'라는 엄마의 결혼 전 이름과 204호에 살았다는 얘기를 하자, 할머니는 잠시 생각하다 말했다.

"그 뭐냐…… 타이핑인가 뭔가를 배우던 사람인가?"

"네, 맞아요. 그리고 옆집 205호에 조폭 같은 남자가 살았던 것도 기억나세요?"

"조폭?" 할머니가 얼굴을 찡그렸다.

"조폭한테 세놓은 적은 없어."

"조폭 같은 사람이래요." 마사미 씨의 목소리가 다시 커졌다. 우리 쪽을 보며 물었다.

"일정한 직업이 없었다는 뜻이니?"

"으음…… 뭐, 그렇죠. 자영업자라고 말하고 입주했을 거예요."

"자영업자였대요, 할머니. 나이는 몇 살 정도였는데?"

"서른대여섯 살이었을까. 이름은 사와무라예요. '사와'의 한자는 약자 말고 복잡한 한자를 썼고요."

"나이는 서른대여섯 살이었대요. 사와무라 씨. 삼수변에 넉 사 자 밑에 다행 행을 쓰는 사와무라澤村래요. 기억나요?"

"뭐?"

마사미 씨가 고개를 옆으로 돌리더니 빠르게 투덜거렸다. "아이, 짜증나. 제대로 듣지도 못하고."

"너 지금 짜증난다고 했냐?" 할머니가 버럭했다.

"험담은 귀신같이 알아듣는다니까. 자기 편할 대로 들었다 안 들었다. 아무 말도 안 했어요!"

난처하네……라고 중얼거리며 잠시 생각에 잠겼던 마사미 씨가 갑자기 벌떡 일어섰다.

"잠깐만 기다려. 옛날 앨범이 있어."

기다리는 동안 어색해서 우물쭈물하는 우리에게 할머니가 말했다. "들게나."

마사미 씨가 내온 오렌지주스를 마시라는 말이었다. 나와 시마자키는 조심스럽게 물방울이 맺힌 유리잔을 쥐었다. 할머니가 지그시 쳐다보고 있었다.

잠시 후 곰곰이 생각하는 표정으로 내 쪽으로 몸을 내밀더니 "네가 사사키 씨 아들이냐?" 하고 물었다.

"네, 맞아요." 대답한 후 할머니의 알쏭달쏭한 표정을 보고서야 이래서는 안 들리겠구나 싶었다. 다시 큰 소리로 대답했다.

"네, 맞아요."

"그래. 엄마를 많이 닮았구나."

"그래요?"

"엄마는 건강하시냐?"

"네, 건강해요." 대답하고 나서 서둘러 덧붙였다. "덕분에요."

할머니는 주름이 자글자글한 얼굴로 웃었다.

"덕분에는 무슨."

그때 마사미 씨가 두툼한 앨범 두세 권을 품에 안고 돌아왔다. 바닥에 털썩 내려놓자 먼지가 피어올랐다.

"1971년과 1972년 앨범이야. 우리 할아버지가 이런 데 꼼꼼한 편이라 날짜까지 꼬박꼬박 써넣어서 정리해뒀거든. 너희 엄마 사진도 있으려나?"

있었다. 1971년 설날 사진 같았다. '이사카장'이라는 간판이 걸린 좁은 출입구에 설날 장식이 보였다.

엄마는 옷깃이 둥근 피코트 비슷한 것을 입고, 카메라를 향해 눈부신 듯 실눈을 뜨고 있었다. 머리는 리본으로 묶었다.

"미인이셨네"라는 시마자키의 말을 들을 것도 없이, 엄마는 고왔구나 하는 생각이 들었다.

"이건 사사키 씨가 자반연어를 갖고 왔을 때야." 갑자기 할머니가 말하며 사진 위에 손가락을 짚었다. "설에 고향집 다녀와서 인사하러 왔었지."

"그런 걸 어떻게 다 기억하네." 마사미 씨가 우리에게 말했다.

"우리 엄마가 이사카장에서 제일 오래 산 세입자였다고 했어요."

내가 큰 소리로 말하자 할머니가 고개를 갸웃거렸다. "그랬나?"

"결혼해서 이사갈 때까지 계속 살았대요."

이번에는 잘 전해지지 않았는지, 할머니가 알쏭달쏭한 표정으로 마사미 씨를 보았다. 마사미 씨가 같은 말을 반복해주었다.

"아, 그래, 그래. 이사가기 전에도 인사 왔었어."

그 이상은 아무리 애를 써도 이렇다 할 정보가 나오지 않을 것 같았다. 마사미 씨 말에 따르면 이사카장의 실무는 돌아가신 할아버지가 처리했고, 할머니는 거의 관여하지 않은 모양이었다. 기억이 없어도 어쩔 수 없다.

"아무래도 이십 년도 더 지난 일이니." 마사미 씨가 한숨을 내쉬었다. "미안해, 도움이 못 돼서."

"아니요, 천만에요. 갑자기 찾아와서 저희가 더 죄송하죠."

그때 1971년 앨범을 넘겨보던 시마자키가 갑자기 손을 멈추고 고개를 들었다.

"이건 뭐죠?" 중간쯤을 펼쳐서 마사미 씨에게 내밀었다. "경찰이 온 것 같은데요."

그가 가리킨 사진은 아마 이사카장 맞은편에서 이사카장과, 이웃해 있는 비슷한 2층짜리 다세대주택을 나란히 찍은 것 같았다. 이웃한 다세대주택 현관 앞에 경찰차 한 대가 서 있고, 경찰 한 명이 등을 돌리고 서서 중년 남자와 대화하고 있었다.

"어머, 정말이네" 마사미 씨도 놀란 듯했다. "할머니, 여기 봐요. 이건 뭐야?"

할머니는 사진을 바라보며 생각에 잠겼다. 흐릿한 눈썹을 모으고, 이따금 입술을 핥으면서. 엄마와는 별 관계 없어 보이고 괜히 고민하게 만든 것 같아 미안해서 대충 '그러게요, 뭘까요' 하며 넘어갈 작정으로 입을 열려는 순간, 드디어 할머니가 말했다.

"이건…… 그, 오쿠보 기요시 사건* 때야."

"오쿠보 기요시?"

그 이름에 깜짝 놀란 사람은 시마자키뿐이었다. 마사미 씨와 나는 얼굴을 마주보며, 서로 '누구지?' 하고 어리둥절해하는 모습만 확인했다.

"그 사건의 관계자가 이사카장 근처에 살았나요?"

시마자키의 질문에 할머니가 "뭐?"라고 물었다. 한 손을 귀에 대고서. 시마자키가 심호흡한 후에 또랑또랑하게 말했다.

"오쿠보 기요시 사건과 연관된 사람이 이사카장 근처에 있었나요?"

"그렇지, 그렇지, 난리가 이만저만이 아니었어." 할머니가 바로 대답했다. 얼굴이 밝아졌다.

"사사키 씨한테도 무척 폐를 끼쳤지."

"엄마한테요?"

"할머니, 그게 무슨 말이에요? 오쿠보 기요시가 누군데? 이사카장에 세 들었던 사람이에요?"

"유명한 사건이었어요." 시마자키가 설명했다. "쇼와 역사에 매

---

* 1971년 3월부터 5월까지 여덟 명의 여성을 잇따라 살해한 연쇄살인사건.

우 특이한 사건으로 기록됐을걸요. 오쿠보 기요시라는 남자가 젊은 여자만 차로 유인해서 폭행 후 죽여서 매장한 사건인데—피해자가 아마 일고여덟 명쯤 됐지 싶어요. 지바, 군마, 모두 도쿄 인근 지역이었고요. 자기가 화가인데 모델을 찾고 있다느니, 대학교수인데 결혼 상대를 찾고 있다느니 하면서 아무렇게나 꾸며댔대요."

"전혀 몰랐어." 마사미 씨가 긴 머리를 쓸어올렸다. "무섭네. 그 남자가 무슨 차를 타고 다녔는데?"

"으음…… 마쓰다 쿠페였던 것 같은데. 맞아요, 흰색 쿠페."

"국산 차잖아? 그걸로 여자를 헌팅하다니, 엄청 잘생겼나봐."

시마자키가 고개를 갸웃했다. "글쎄요, 거기까진 잘 모르겠어요."

"넌 그런 걸 어떻게 아니?"

"그만큼 유명한 사건이었으니까요. 당시 사회에서는, 그렇지, 연속 여아유괴 살인사건*과 맞먹을 만큼 충격이 컸을걸요."

"흐음."

"이 녀석, 범죄 마니아거든요." 내가 설명했다. 시마자키가 안경을 닦으면서 나를 힐끗 노려보았다.

그때까지 우리끼리만 대화를 나눠서 할머니는 조바심이 난 모양이었다. 시마자키가 입을 다물기를 기다렸다는 듯이 얼른 말을

---

* 1988년에서 1989년에 걸쳐 도쿄 북서부와 사이타마현 남서부에서 어린 소녀를 대상으로 잇따라 발생한 연속유괴살인사건.

꺼냈다.

"경찰이 조사하러 왔었어."

"어, 뭘요?"

"우리한테까지 조사를 왔었다고."

마사미 씨의 통역과 시마자키의 설명을 동원해서 정리해보면, 사정은 이랬다.

이 오쿠보 기요시 사건은 한 여자를 유괴한 혐의로 체포된 범인이 자백하면서 잇따라 다른 시체들이 발견되는 식으로 전개되었다. 그래서 당시 인근 지역이나 도쿄에서 젊은 여자가 행방불명된 사건은 모두 한 번은 그와 관련지어 재조사를 했다. 그중 한 실종자가 이사카장 옆의 다세대주택에 살았던 것이다. 실종된 지 두 달 정도 지난 상황이었다. 문제의 사진은 그 사건을 재검토하기 위해 지역 경찰관이 찾아왔을 때 찍은 것이었다.

"우리 영감은 그런 소동을 좋아했거든. 쓸데없이 호기심이 많아서." 할머니가 말했다.

그런데 그것뿐이었다면 큰 상관이 없다. 문제는 이름이었다. 실종자의 이름도 사사키 사토코였던 것이다.

엄마와 동성동명이다. 한자가 다를 뿐. 게다가 사는 곳도 바로 옆 건물 아닌가. 이것이 적잖은 소동의 씨앗이 된 것이다.

당시 전대미문의 잔혹한 사건으로 여론이 크게 들끓었고, 보도기관에서도 시체가 더 나오지는 않을까, 피해자가 더 있지 않을까

촉각을 곤두세웠다. 이 사사키 사토코 씨도 행방불명되기 직전 마에바시시에 사는 지인을 방문했다는 사실이 밝혀지면서, 또다른 피해자라고 지레짐작한 일부 잡지 등이 앞질러 기사를 내버렸다고 한다.

결과적으로는 기사를 보고 기겁한 본인이 나타나면서 오보였음이 밝혀졌지만(듣자하니 실종 이유는 유부남과의 도피 행각이었다고 한다), 피해는 엄마 몫으로 돌아갔다. 매일 얼굴을 보는 친구들은 상관없었지만 일단 고향의 부모님이 전화를 걸었다. 오해라고 설명하고 얼굴을 비출 겸 잠깐 고향에 돌아갔는데, 그사이 역시 기사를 보고 찾아온 다른 지인들과 연락이 닿지 않게 되었고, 이번에는 그들이 '역시 그런 건가!' 하고 지레짐작해 몹시 피곤한 상황이 벌어졌던 모양이다.

"엄마는 그런 얘기 해준 적 없는데."

"아무리 관계없어도 사건 자체가 워낙 끔찍하니 아들한테 얘기하고 싶진 않으셨겠지." 마사미 씨가 말했다. "어쩌면 잊어버리셨을지도 모르고."

"그렇겠네요……"

시마자키는 아무 말 없이 뭔가를 깊이 생각하고 있었다.

결국 우리가 다이마쓰 씨 집에서 인사하고 나온 것은 한 시간쯤 더 지난 오후 네시 무렵이었다. 더이상 캐물을 내용은 없었지만 마사미 씨가 "돌아가는 길에 배고프면 안 되잖아"라며 중화냉면을 대접해주고, 역까지 바래다주었다. 사립탐정이나 형사가 탐문조사를 간 곳에서 중화냉면을 대접받는다는 이야기는 드라마에서도 본 적이 없다. 역시 아이들은 유리하다.

게이힌토호쿠선 전철을 탄 후에도 시마자키는 여전히 입을 다물고 있었다. 말을 걸어도 건성으로 대답할 뿐이었다. 결국에는 나도 지쳐서 아키하바라에서 소부선으로 갈아탈 때까지 꾸벅꾸벅 졸았다.

소부선 플랫폼에서 시마자키가 불쑥 입을 열었다.

"오늘밤 사토코 씨한테, 문제의 동명이인 사건에 대해 물어봐."

"뭐?"

"단, 조심해야 해. 이사카장 주인을 찾아갔다는 얘기는 하지 마."

"그 정도는 나도 알아."

"결과가 나오면 나한테 전화해."

왠지 몹시 매몰찬 느낌이었다. 안경 너머 눈을 들여다봐도 무슨 생각인지 도통 알 수가 없다.

그래도 나는 그날 밤 저녁을 먹으면서, 시마자키가 시킨 대로 신중하게 말문을 열었다.

"으음, 엄마. 옛날에 오쿠보 기요시 사건이라고 알아?"

놀랍게도 또렷한 반응이 보였다. 하마터면 들고 있던 젓가락을 떨어뜨릴 뻔할 정도로.

"갑자기 무슨 소리니?"

"알아?"

"알지. 끔찍한 사건이지만."

나는 시마자키가 지시한 대로 거짓말을 풀어놓았다.

—사실은 시마자키가 여름방학 자유연구로(이 얼마나 편리한 핑계인가!) '우리의 쇼와시대'라는 주제를 골라서 큰 사건을 알아보는 중이거든. 그래서 옛날 주간지 스크랩을 보다가 에도가와구 다세대주택에 살던 '사사키 사토코'라는 여자가 오쿠보 기요시 사건의 피해자 중 한 명으로 추정된다는 기사를 발견했대. 엄마 이름이랑 똑같잖아? 살던 곳도 비슷하고. 혹시 그 이름 때문에 무슨 소동이 벌어지진 않았어?

엄마는 한동안 표정 하나 바뀌지 않고 물끄러미 나를 바라보았다. 그러나 어쩌다 시선이 내 쪽을 향하고 있을 뿐, 엄마의 눈동자는 한 바퀴 빙그르 돌아서 자신의 내면을 바라보고 있는 것처럼 느껴졌다.

"그런 적 없었어. 엄마는 몰라."

그렇게 대답하고 다시 식사를 계속했다. 그후로는 그 화제를 다시 꺼내려 들지 않았다.

"1971년 5월 14일." 전화기 너머에서 시마자키가 말했다. "오쿠보 기요시가 체포된 날이야. 연쇄살인을 자백하면서 여론이 크게 술렁인 건 월말부터지."

나는 수화기를 움켜쥐고 목소리를 낮췄다. 엄마는 씻는 중이었지만 방심할 수는 없었다.

"그게 어쨌다는 거야?"

"문제의 옛날 이야기에서 사토코 씨와 사와무라 씨가 처음 만난 게 1971년 1월 말이랬지? 이 주 정도 지나서 그가 사라졌고. 그럼 2월 중순이란 말이야."

"하고 싶은 말이 뭔데?"

"두 사람이 헤어지고 오쿠보 기요시 소동이 벌어질 때까지, 삼 개월이란 시간이 있는 거지."

"그런데?"

시마자키가 위엄 있게 헛기침을 했다. "으음, 『쇼와 사건사』라는 책을 찾아봤더니, 오쿠보 기요시는 체포될 때까지 불과 칠십칠 일 동안 여덟 명이나 죽였어. 말을 건 사람은 백이십칠 명, 차에 태운 사람은 삼십오 명, 폭행한 사람은 십여 명. 칠십칠 일이면 두 달 반 정도야. 엄청 빠른 속도지."

나는 그 말의 의미가 뭔지 알 수 없었다.

"야, 생각해봐. 이런 엄청난 데이터를 보면, 어떤 느낌이겠냐?"

"어떤 느낌이라니……?"

"혼자 사는, 안면 있는 젊은 아가씨가 걱정되지 않을까? 게다가 그 사람에게 빚진 것도 있어. 그뒤로 만나지는 않았지. 연락도 안

했고. 그럴 만한 관계가 아니었다는 뜻이지만, 그래도 이런 사건이 벌어지고 있으면 걱정되지 않을까?"

그제야 간신히 의도를 파악했다.

"게다가 엎친 데 덮친 격으로 같은 이름이 피해자로 거론되고 있어. 이래도 걱정 안 된다면, 대단히 냉정한 인간이겠지."

욕실에서 물소리가 들렸다. 나는 오늘 다이마쓰 씨가 보여준 앨범 속의 엄마 얼굴을 떠올렸다.

"어쨌든 나 같으면 그런 기사가 나오지 않았어도 한 번쯤은 상황을 살피러 갔을 거야. 설마 싶어도 그 '설마'를 확인하러."

엄마는 호텔 같은 위클리맨션을 조금이라도 우리집처럼 꾸미려고 집에서 가져온 달력을 벽에 걸어두었다. 그 달력을 바라보면서 나는 날짜를 가늠해보았다.

2월 중순에 헤어졌고, 5월 말이나 혹은 6월 초 무렵—

"그래서 다시 만났을까?"

시마자키는 곧바로 대답했다. "그랬을 거야. 가설이지만."

"엄마한테 물어봤는데, 모른대."

"흐음."

"근데 좀 부자연스러웠어."

전화기 너머에서 출렁하고 액체가 흔들리는 듯한 소리가 들렸다.

"뭐 마시냐?"

"콜라."

"머리 나빠진다더니."

"가끔은 자극제가 당기는 법이라네, 왓슨."

욕실 문이 열리고 엄마가 나를 불렀다.

"마사오, 씻으렴."

"네에!"

대답한 후 다시 수화기로 향했다.

"저기, 끊기 전에 하나만 알려주라. 오늘 네가 이상한 말을 했었잖아."

"무슨 말?"

"네오터니인가 뭔가. 그게 뭐야?"

"아하, 그거. '유형성숙幼形成熟'이라는 뜻이야. 어린아이처럼 미성숙한 채로 어른이 되는 거."

"그런 말은 어디서 찾아내는데?"

"찾아내는 거 아니야. 자연스럽게 보고 듣는 거지."

"하긴, 유별나게 사시니까."

시마자키가 웃으면서 또 콜라를 마시는 듯했다. 나도 목이 탔다.

"저기."

"응."

"서른다섯 살 남자의 눈으로 볼 때, 열아홉 살 여자는 어른일까, 아이일까?"

"……어렵군."

"나중에 서른다섯 살이 되면, 대학교에 가서 아무한테나 말을 걸어보며 확인하는 수밖에 없을까?"

"그렇지. 하지만 왓슨, 한 가지 분명한 사실이 있어."

"뭔데?"

"열아홉 살 여자는 금방 스무 살이 돼. 스물한 살, 스물두 살, 스물세 살이 되고."

"그렇지."

"분명 엄청난 변화일 거야. 사촌누나만 봐도 그런 생각이 들어."

"응, 나도 알겠어."

"그렇지만 서른다섯 남자는 서른여섯이 되든 서른일곱이 되든 큰 차이가 없어. 갑자기 할아버지가 되진 않으니까."

나는 입을 다물고 다시 벽에 걸린 달력을 바라보았다. 흘러가는 세월을 떠올렸다.

"그럼, 내일 보자."

"응. 잘 부탁한다, 홈스."

"잘 자라, 왓슨."

시마자키가 잠시 뜸을 들이다가 나지막하게 덧붙였다.

"푹 자라고."

그러나 나는 누군가가 높이높이 띄워주는 꿈을 꾸었다.

2

"이거 엄청난데."

양팔을 활짝 펼쳐 눈앞을 가로막아버린 신문 너머에서 시마자키가 말했다.

"뭐가?"

"싸움 났어. 여자들끼리."

우리는 니시후나바시로 가기 위해 마쿠하리행 소부선 쾌속전철에 타고 있었다. 출근시간이 지나서 꽤 한산했다. 칸막이 좌석 하나를 점령하고, 시마자키는 선반 위에 있던 스포츠신문을 재빠르게 찾아내서 흥미진진하게 읽는 중이었다.

"그건 상관없고." 내가 큰 소리로 말했다. "좀 접어서 읽어라."

시마자키가 신문 뒤에서 얼굴을 내밀더니 내 쪽을 향한 지면을 힐끗 확인했다. 생물학적으로 너무나 리얼한 삽화가 들어간 성인소설이 실려 있었다.

"마음에 없는 소리" 하며 피식 웃더니, 다시 고개를 쏙 집어넣었다. 내가 서둘러 말했다.

"농담 아니야. 그만 좀 해."

아까부터 통로 맞은편 좌석에 앉아 있는 아주머니가 매서운 눈빛으로 우리 쪽을 노려보고 있었다. 애교 섞인 미소를 던져도 전혀 효과가 없었다.

"야, 좀 치우라니까."

다시 소매를 잡아당겨도 반응이 없어서 결국 타이밍을 엿보다 "에잇!" 하고 신문을 낚아챘다. 그러나 때마침 전철이 이치카와역으로 들어갔고, 아주머니는 여전히 도끼눈을 뜨고 내 쪽을 흘겨보다 내려버렸기 때문에, 누명을 벗기에는 너무 늦어버렸다.

"아, 진짜." 시치미뗀 표정인 시마자키에게 내가 쏘아붙였다. "선반에서 신문을 주워 읽다니, 아저씨들이나 하는 짓이야."

"뭐 어때. 환경보호도 되고 좋지."

전철이 다시 움직이자 이치카와역과 주변 번화가가 뒤로 사라져갔다. 내려다본 도로에서는 꼬리를 문 자동차 지붕들이 햇빛을 반사했다. 오늘도 현기증 날 정도로 무더운 날이다.

니시후나바시는 십오 년 전, 아빠와 엄마가 결혼하고 처음 살았던 동네다. 앨범에서 당시 사진을 보니 그 무렵부터 이미 확고부동한 도쿄의 베드타운이었음을 알 수 있었다.

신혼집은 '하임 니시후나바시'라는 작은 다세대주택. 이사카장의 경우와 다르게 이번에는 아는 것이 그것뿐이다. 주소는 모른다. 옛날 추억담을 듣고 싶은 척 엄마에게 뭐라도 캐내보려고 떠봤지만, "글쎄…… 주소까지는 기억이 안 나네"라는 대답만 들었다. "역이랑 가까웠고, 근처에 잡화점이 있었어"라는데, 그런 건 실마리도 뭣도 안 된다.

동네 도서관에서 십오 년 전 주거 지도를 살펴보면 알 수 있을 거야—시마자키의 격려에 일단 전철을 탔지만 적잖이 불안했다.

"건물이 남아 있을까?"

도쿄 근교는 일본에서 가장 신진대사가 활발한 땅이다. 하임 니시후나바시는 새로 지은 철근콘크리트 건물이었던 것 같지만, 십오 년이 지난 지금도 남아 있을지 의심스러웠다.

"어떻게든 되겠지." 시마자키가 말했다. 아직도 스포츠신문에 미련이 남은 표정이다.

"아까 뭘 읽었어?"

그러자 시마자키가 다시 신문을 주워 들고 바스락 소리를 내며 기사 부분을 접어서 내밀었다. '‘포세이돈의 은총’은 어디로?'라는 제목이었다.

"뭐야, 이거였어."

이 소동에 대해서는 익히 알고 있다. 현재 버라이어티쇼 리포터들의 관심을 가장 강력히 끌고 있는 핫한 화제니까. 덕분에 우리는 상당히 편해졌다. 정말 고마운 일이다.

앞으로의 운명이 주목되는 '포세이돈의 은총'이란, 흑진주 여든여섯 알로 만든 두 줄짜리 목걸이와, 흑진주 마흔세 알로 만든 두 줄짜리 팔찌 세트를 가리킨다. 이 거창한 이름은 지금으로부터 오십여 년 전에 첫 소유주였던 남태평양의 작은 나라 왕실에서 붙였다고 한다.

천연 흑진주는 그 자체로 귀중품이다. 게다가 이렇게 많은 수를 완벽히 갖추었다는 점과 빛깔이 거의 '칠흑'이라고 해도 좋을 만큼 짙고 광택이 난다는 점에서, 이 한 쌍의 액세서리는 희소성이 매우 높다고 한다. 그런 까닭에 '바다의 신 포세이돈의 은총'이라고 부르는 것이다.

그러나 이 한 쌍이 전 세계를 떠돌며 여러 주인을 전전하게 된 사정을 들여다보면, 도저히 '은총'으로 여겨지지는 않는다. 첫 소유주였던 남태평양의 왕실에서 이 보석이 유출된 건 무력혁명 때문이었다. 국왕 부처는 투옥 후 처형당하고 말았다. 다음 소유주였던 텍사스의 석유회사 사장은 비행기 사고로 횡사. 유산을 상속한 아들은 중동에서 테러리스트에게 납치되어, 터무니없는 몸값을 지불하기 위해 '포세이돈의 은총'을 시장에 내놓았다. 순조롭게 영국 귀족에게 팔린 것까진 좋았는데, 이 새로운 주인은 얼마 안 있어 IRA의 폭탄테러로 사망했다. 유족이 대영박물관에 기부하겠다고 제안했지만 박물관측에서 거부해서 결국 또다시 팔리는 신세가 되었다. 당시 매수자 중에는 그 유명한 이멜다 여사도 포함되어 있었다고 하는데, 쿠데타가 없었다면 지금쯤은—하는 뒷말도 떠돈다.

그런 복잡한 사정을 가진 보석이 일본으로 건너온 것은 오 년 전이다. 구입자는 한 대기업 회장으로, 상속세 대책의 일환이었던 모양이다. 자기 이득을 위해 세계적인 명화들을 마구 사들이는 것보다는 나을지 모르지만 별로 칭찬할 만한 일은 아니다. 게다가 그 상속세 대책은 실패를 거듭했고, 회장이 세상을 뜬 후 치밀한 조사를 통해 추징금이 부과되어서, 결국은 또 '포세이돈의 은총'을 팔 수밖에 없었다.

회장의 유산상속인 부탁을 받고, 현재 올드 메이드 카드놀이의 조커 신세가 되어버린 이 보석의 매수자를 모집하고 있는 곳은 긴자에 있는 '가가미'라는 보석상이다. 모 재벌의 딸 A씨와 배우 안자이 마리가 서로 손에 넣으려고 신경전을 벌이고 있다는 것이 소동의 내용이었다.

그런데 문제는 이 세트의 가격이다. 현재 시세는 사억팔천만 엔. 현재 시세라는 주석이 붙는 것은 두 사람이 과도하게 가격을 끌어올리고 있기 때문이다. '가가미'가 처음 내놓았을 때의 가격은 삼억 엔이었다고 하니, 정말 어처구니가 없다.

"굉장하네. 어떻게 그런 큰돈이 있지."

"너희 집에도 있잖아."

그 말에 무심코 웃음이 터졌다. "그러고 보니 그렇네."

그러나 우리 엄마가 그 오억 엔으로 흑진주 목걸이나 팔찌를 사고 싶어할 것 같지는 않았다. 그런 사용처는 아예 떠올리지도 않을 것이다. 오억 엔을 주고 액세서리를 사봤자 하고 다닐 곳도 없을 테니까.

"오억 엔짜리 보석을 살 정도라면, 자유롭게 쓸 수 있는 돈이 십억 엔쯤은 있는 사람들이겠지." 시마자키가 안경을 올리며 말했다.

"연예인도 돈 엄청 버나보네. 안자이 마리가 그렇게 많이 벌었을까?"

"남편이 부자라서 그래."

"아, 그랬지." 연예인 얘기에는 별로 흥미가 없어서 잊고 지냈다. "안자이 마리가 결혼했었지."

이 보석 쟁탈전은 지난해 가을, '가가미'에서 비공식으로 연 전람회에서 문제의 두 여자가 마주치면서 시작되었다.

두 사람은 그전까지 서로 안면 있는 사이는 아니었다. 그러나 나도 좀 이해가 되는 바인데, 만나는 순간 '아, 왠지 마음에 안 든다' 싶은 상대가 있기 마련이라, 이 여성들 사이에서도 그런 마이너스 전류가 흘렀던 모양이다. 또한 그럴 만한 이유도 있었다.

기업가의 따님인 A씨는 외가가 구 화족*의 후손이고, 친가도 과거 재벌의 맥을 잇는, 다시 말해 남다른 혈통의 소유자였다. 본인도 명문대를 졸업하고 현재는 친할아버지가 취미로 모은 컬렉션이 전시된 개인미술관에서 큐레이터로 일하고 있다.

한편 맞수인 안자이 마리는 고등학교도 제대로 나오지 않고(퇴학당했다는 소문도 있다) 가출하듯 상경해서 〈탤런트 스카우트 캐러밴〉이라는 오디션프로에서 순위권에 들며 데뷔, 십대에 인기 가수가 되었고, 이십대 초부터는 배우로 활동 영역을 넓혔으며, 슬슬

* 華族, 작위를 가진 사람과 그 가족. 메이지시대 초에 생겨 2차대전 후에 폐지되었다.

앞날이 걱정되는 스물다섯 살의 전환점에서 최근 몇 년 사이 막대한 부를 축적한 청년 사업가를 야무지게 사로잡아 사모님 자리를 꿰찬 수완가였다. 게다가 그 결혼은 상대의 처자식을 몰아내고 그 자리를 가로채는, 너무도 점잖치 못한 방식이었다.

모든 면에서 대조적인 두 사람은 스물여섯 살 동갑내기다. 둘 다 미인이고, 주변에서 부추기는 인물도 많다. A씨는 안자이 마리에게 쫓겨난 전처와 친했다는 소문도 있다. 아무튼 어느 모로 보나 사이가 좋을 리 없다. A씨가 "연예인 출신에 교양이라곤 눈곱만큼도 없는 여자가 이런 비공식 전람회에 초대된 게 이상하다"고 했다느니, 안자이 마리도 "부잣집 따님이라고 거들먹거리지만, 한 꺼풀 벗기면 그저 헤픈 여자일 뿐"이라고 받아쳤다느니, 가지가지다.

그러니 지금의 이 쟁탈전은 비공식 전람회 이후 부잣집 따님인 A씨가 '포세이돈의 은총'을 탐낸 시점부터 이미 시작됐다고 봐도 좋다. A씨는 약혼한 상태로 내년 5월 말에 결혼식을 올릴 예정이다. '포세이돈의 은총'은 아무래도 그녀의 지참금 대신인 듯했다.

그런데 정보를 알아낸 안자이 마리 쪽에서 곧바로 "나도 갖고 싶다"며 나섰다. 그리고 이 어른스럽지 못한 여자들의 기싸움이 걷잡을 수 없이 번져서 현재에 이르렀다—기사는 그렇게 말하고 있었다.

이번에 이 싸움이 표면화된 이유는 안자이 마리 측이 A씨를 상대로 명예훼손 소송을 제기했기 때문이다. 확실치는 않지만 A씨가 어느 파티 석상에서 "안자이 마리는 데뷔 전에 유흥업소에서 일한 것 같다"고 했다느니, 게다가 관련된 괴문서까지 유출시켰다느니, 부당한 중상모략이라느니, 아무튼 히스테릭하게 화를 내고 있었다.

"이쯤 되면 차원이 떨어지는 싸움이네." 나는 어이가 없었다. "그나저나 딱 봐도 주인에게 불행만 가져오는 보석에 이렇게까지 집착하다니, 좀 이상하지 않나?"

"양쪽 다 물러설 수 없게 된 거야." 시마자키가 웃었다. "그리고 이건 대리전이라고 봐."

"대리전?"

"응. 정말로 싸우는 사람은 A씨의 아버지와 안자이 마리의 남편인 청년 사업가지. 기사에서도 잠깐 언급했던데."

보통은 '적당히 하라'며 중재에 나서야 할 남편과 아버지가 전혀 사태를 수습하려 하지 않는 것은, 그들은 또 그들대로 보석을 팔려고 내놓은 그 회장 일가와 연줄을 만들 기회를 전부터 노리고 있었기 때문이다. A씨 아버지는 보아하니 정계 진출을 노리는 모양인데, 회장 일가를 아군으로 만들어두면 차후에 매우 유리하다. 안자이 마리의 남편인 청년 사업가는 활발한 사업 확장과 이름값을 위해 회장 일가의 지원을 간절히 원했다. 그렇기에 어떻게든, 단돈 일 엔이라도 비싸게 '포세이돈의 은총'을 사들여서 눈도장을 찍어두려 한다, 양쪽 다 물러설 수 없다—는 뜻이다.

과연, 내가 고개를 끄덕였다. 표면적으로는 사치스러운 여자들의 싸움으로 보이지만, 결국은 비즈니스다. 제일 나쁜 건 이 소동을 팔짱 끼고 유유히 관전하고 있는 회장 일가인지도 모른다.

"그건 그렇고, 이 A씨 말이야, 부잣집 따님인데 입이 꽤 거치네."

A씨의 코멘트로(본인이 정말 그렇게 말했는지는 의심스럽지만) "진주는 기품이 있는 보석이라 기품 있는 여성이 지녀야 해요. '돼지 목에 진주목걸이'라는 속담도 있잖아요?"라는 문장이 실려 있었다. 대놓고 이런 말을 했다면 안자이 마리도 당연히 화가 날 것이다. 맞는 말인 만큼 더더욱.

기사 마지막에는 "아름다운 보석을 둘러싼 추한 쟁탈전은 환영할 만한 일이 아닙니다"라는 '가가미' 점장의 코멘트가 실려 있었다. 딴은 맞는 말이다.

게다가 원래 단골고객을 상대로 조용히 거래해오던 '가가미'로서는 이런 소동에 휘말리는 것 자체가 엄청난 손실이라고 한다. '포세이돈의 은총'을 노리는 강도에게 습격당할 염려도 있다.

"반갑진 않겠네."

"가장 타당한 해결책은 어느 쪽에도 팔지 않는 거지. 제삼자에게 팔면 돼."

"그야 그렇지만."

"사토코 씨를 설득해서 그 오억 엔으로 사들이면 어때?"

"그런 걸 '불속의 돌 줍기'라고 하지 않나?"

"'불속의 밤 줍기'야."

"돌이 더 뜨거워지잖아."

"억지 부리지 마."

그런 대화를 나누다보니 전철이 어느새 니시후나바시역에 도착했다.

오전 열시부터 오후 세시까지 시마자키와 나는 각각 주스 두 캔, 딸기빙수 한 개, 아이스크림 두 개씩을 소화했다. 그런데도 화장실에는 한 번도 가지 않았다. 전부 땀으로 배출된 것이다. 다시 말해 그 정도로 빨빨거리며 돌아다녔고, 또한 모두 헛수고였다.

도서관에 옛날 지도가 있긴 했지만 동네가 너무 극적으로 변해서 아무런 실마리도 잡히지 않았다. 도로도 바뀌었다. 이러니저러니해도 오래된 것들이 남아 있는 도쿄의 서민가와는 사정이 전혀 달랐던 것이다.

역 근처 놀이터 벤치에 둘이서 축 처져 있자니, 누가 우리 앞에 '비참한 아이들'이라는 간판이라도 세우러 올 것 같은 기분이었다. 좀더 그늘진 벤치로 가고 싶었지만 안타깝게도 먼저 온 손님이 얼굴에 손수건을 덮고 잠들어 있었다. 손수건 가장자리로 엿보이는 머리칼이 요란한 펀치파마인데다 술냄새도 약간 나서 가까이 가지 않는 게 무난하겠다고 판단했다.

"으음…… 다음은 어디였지?"

신음하는 듯한 목소리로 시마자키가 물었다.

“소카시야.” 나는 미리 표시해둔 지도를 펼쳤다. “‘비비안 소카’라는 아파트.”

아빠와 엄마는 결혼 삼 년째에 하임 니시후나바시에서 그곳으로 이사했고, 칠 년 동안 열심히 저축해서 지금의 아파트를 샀다.

“소카라니” 시마자키가 엎어지다시피 하며 신음했다. “대체 무슨 기준으로 이사를 다닌 거야. 너무 뿔뿔이 떨어져 있잖아.”

“너희처럼 집 가진 사람들은 알 수 없는 고충이 있는 법이야.” 나도 힘이 빠지기 시작했다. “집값 싸고, 아이 키우기 좋고, 장 보기 편리하고, 병원 가깝고, 근처에 학교가 있는 곳. 아무데서나 찾긴 어렵잖아.”

“오늘 소카까지 갈 거야?”

시마자키의 얼굴에는 ‘가고 싶지 않다’고 쓰여 있었다. 내 얼굴에도 그렇게 쓰여 있었을 게 틀림없다. 한심하게도, 한번 좌절하니 조사 자체에 싫증이 나버렸다. 응? 끈기가 부족하다고? 네, 축구부 코치한테서도 자주 듣는 말입니다. 죄송하게 됐네요.

“초반에 너무 잘 풀렸던 거야.”

“맞아.” 마사미 씨도 할머니도 다 친절했으니까.

그만 돌아갈까—라고 말하려는 순간, 뒤에서 누군가가 불렀다.

“너 마사오 아니니?”

고개를 빼고 쳐다보니 바로 옆 블록 담장에서 한 남자가 몸을 숙이고 우리를 보고 있었다. 젊은 사람이었다. 도수 높아 보이는 검은 테 안경에 짧은 머리. 넥타이까지 단정하게 매고, 회색 양복 재킷을 팔에 걸치고 있었다.

"오가타 마사오, 맞지?" 다시 한번 물었다.

시마자키가 내 소매를 잡아당겼다. "취재진이야?"

"몰라. 얼굴까지는 다 기억 못해서."

나도 시마자키도 순간적으로 몸을 사렸다. 그 모습이 우스웠는지 상대가 싱글거리며 말했다.

"미안, 미안. 나 때문에 놀랐나보네. 난 마에카와 법률사무소에서 일하는 닛타라고 해. 선생님 조수야."

"조수요?"

"응. 어머니랑 사무실에 왔을 때 인사했는데, 기억 안 나니?"

아닌 게 아니라 딱 한 번 선생님 사무실을 방문한 적이 있다. 무슨 서류의 서명이 빠졌다고 해서 도장을 들고 잠깐 들른 거라서 길어야 십 분 정도 머물렀지만.

마에카와 법률사무소는 내가 막연하게 상상했던 것보다 훨씬 컸다. 선생님 외에 변호사가 두 명 더 있고, 밑으로 각각 조수와 사무직원이 있었다. 워드프로세서 네 대가 떡하니 자리를 차지하고 있었다. 『판례시보』라는 법률잡지가 빼곡한 책꽂이가 사무실을 빙 에워싼 것을 내가 멍하니 바라보고 있자니, 젊은 남자가 "추리소설 같고 재미있을 거야. 읽어볼래?"라고 말을 걸었는데.

그 사람이었나…… 하는 생각이 들었다. 상대는 여전히 싱글벙글 웃으며 물었다.

"이런 데서 뭐해?"

"자유연구 과제 때문에……" 나는 항상 하는 핑계를 댔다. "그런데 너무 더워서 기진맥진이에요."

"당연히 그렇겠지." 닛타라는 사람이 태양을 올려다봤다. "난 차로 왔어. 지금 사무실 들어갈 건데, 가는 길에 태워줄까?"

여하튼 기진맥진한 상태였다. 망설일 새도 없이 나는 바로 대답했다.

"고맙습니다. 그래주시면 너무 고맙죠."

차는 심플한 스타일의 4도어 국산 차였다. 우리가 뒷좌석에 올라타자마자 닛타 씨가 에어컨을 틀어주었다. 조수석에는 커다란 가죽가방이 놓여 있고, 바깥 주머니에 마에카와 법률사무소 이름이 찍힌 봉투가 꽂혀 있었다.

"이쪽에는 무슨 일로 오셨어요?"

티셔츠 자락으로 안경을 닦으면서 시마자키가 물었다. 차를 뺀 후 닛타 씨가 대답했다.

"별로 중요한 일은 아니고. 작은 민사 건인데, 소장을 몇 번씩 보냈는데도 전달이 안 돼서. 정말로 그곳에 거주하는지 조사하러 나온 거지."

"우아…… 소장을 우편으로 보내요?" 나는 깜짝 놀랐다. 위압적인 얼굴의 법원 사람이 직접 전달할 거라고 막연하게 생각해왔기 때문이다.

"응. 특별송달이라는 등기우편으로 보내. 단 도무지 전달이 안 될 때는 법원의 '집행관'이라는 사람이 직접 나가지."

"변호사 사무실 조수는 그런 일을 하나요?"

"뭐든 다 해. 청소부터 차 심부름, 선생님이 접대 골프 갈 때 운전도 하고."

어쩐지 운전 솜씨가 능숙했다.

"자유연구로 뭘 조사하니?"

거꾸로 질문을 받자 나는 당황했다. 시마자키를 힐끗 쳐다보자 그가 안경을 올리며 대답했다.

"한 시민의 쇼와 역사라는 주제예요."

"호오, 대단한데."

"뭐, '우리집의 역사'를 더듬어가는 거나 다름없지만요."

"그래서 니시후나바시에 온 거야?"

큰일났다…… 나는 순간 긴장했다. 이런 조사를 하는 건 엄마에게는 비밀이었다. 그런데 만에 하나 이 사람 입을 통해 "마사오랑 친구를 니시후나바시에서 만났어요. 뭘 조사하는 것 같던데요"라는 얘기를 듣는다면…… 엄마는 예민한 사람이다. 이상하게 여길 게 틀림없다.

"저어…… 실은 이러는 거, 엄마는 몰라요."

닛타 씨가 '어?' 하듯이 눈썹을 치켜올렸다. 안경이 살짝 비뚤어졌다. 그나저나 도수가 몹시 높아 보인다. 이 사람, 저거 벗으면 아무것도 안 보이는 거 아닐까? 공부를 엄청 열심히 했나보다.

"좀더 아이다운 주제를 고르라고 할 게 뻔해서요. 그러니까 죄송하지만, 우리를 만난 건 비밀로 해주시겠어요?"

하하하, 닛타 씨가 쾌활하게 웃었다. "오케이, 비밀로 해줄게. 내 생각엔 좋은 주제 같으니까."

자동차는 순조롭게 달려서 이치카와 시내에 들어섰다.

"그럼 집 앞까지는 안 가는 게 좋겠지?"

"네, 역 앞에 내려주시면 돼요."

기분좋은 진동에 몸을 맡기다보니 스르르 졸음이 왔다. 시마자키도 비슷한 상태라 둘 다 멍하니 창밖 풍경을 내다보다가 어느새 역 앞에 도착해버렸다.

감사인사를 하고 차에서 내렸다. 막 문을 닫으려는데 닛타 씨가 문득 생각난 듯이 말했다.

"아 참. 어머니한테 들었니? 이번 주말에 다 같이 마에카와 선생님 별장에 간다는 얘기."

처음 듣는 말이었다.

"선생님한테 별장이 있어요?"

"정확하게 말하면, 아직은 없어. 어느 지역에 살지 망설이는 중이라. 그래서 여름마다 다른 지역 임대 별장에서 지내면서 후보지를 좁혀가는 중이거든. 올해는 가미스와라고 하던데. 괜찮으면 오가타 씨 가족도 같이 가자고 초대했다고 들어서."

그거 멋지다. 엄마가 초대를 받아들이면 좋겠는데.

"혹시 어머님이 바빠서 못 오시면, 마사오만이라도 같이 갈래? 재미있을 거야."

그럴게요, 라고 대답하고 우리는 멀어져가는 차를 배웅했다.

"안경, 봤어?" 시마자키가 물었다.

"응, 봤어. 엄청나던데. 사법고시라도 준비하는 걸까."

시마자키는 무슨 생각을 하는지 대답이 없었다. 잠시 후 불쑥 "배고파서 죽을 것 같다"고 중얼거렸다.

3

그날 밤, 엄마와 나에게 하트의 여왕이 찾아왔다.

처음에는 하트였지만 대화하는 중에 점점 가시가 돋쳐서 다이아몬드 여왕으로 바뀌어 돌아갔다. 누구냐고? 누구일 것 같나요? 의외의 인물이랍니다.

예의 분홍색 골프복 여자였다. 그 사람이 혼자서 우리의 위클리 맨션을 찾아온 것이다. 에베레스트산을 산소 없이 혼자 오르는 정도의 용기가 필요할 것 같은데, 본인은 뜻밖에 태연했다.

방범 시설이 철저한 이 맨션에는 각 호수마다 모니터 딸린 인터폰이 설치되어 있다. 출입구에도 물론 자동잠금장치가 있다. 그래서 나는 그분의 얼굴을 작은 화면 속에서 처음 뵙게 되었다.

"어머니 계시니?" 그녀는 찬바람 쌩쌩 부는 말투로 물었다.

"네, 있어요."

"좀 불러줄래?"

"엄마가 나오고 싶어할지 모르겠는데요."

"건방진 꼬마네. 잔말 말고 빨리 불러와."

그때, 싱크대에서 설거지하고 있던 엄마가 다가왔다. 모니터 화면에 비친 얼굴을 보자마자 관자놀이가 꿈틀했다.

"무슨 용건이죠?"

"할 얘기가 있어요."

"이렇게 늦은 밤에?"

"급한 얘기예요."

엄마가 턱을 한껏 당겼다. "거기서 기다려요. 지금 내려갈 테니까."

"밖에서 얘기하자고요? 누가 들을지 모르잖아요. 부인만 창피할 테니 하는 말이에요. 문이나 열어주세요."

"—아이가 있다고요."

"뭐 어때요. 갓난아기도 아닌데, 듣는다고 큰일날 것 없어요."

나는 마지막까지 이 사람을 좋아할 순 없었지만, 그 한마디에는 동감했다. 엄마가 내려다보길래 고개를 힘있게 끄덕이고 말했다.

"이 상황에서 밖으로 나가는 게 훨씬 걱정돼."

엄마가 깊은 한숨과 함께 '열림' 버튼을 눌렀다.

오늘밤 그녀는 하늘하늘한 디자인의 흰색 면 원피스 차림이었다. 그러나 화장은 짙고, 거실 의자에 앉자마자 담배를 꺼내 뻐끔뻐끔 피워댔으니, 아무리 봐도 청순한 소녀라고 하긴 어렵다. '양치기 갈라테아* 역을 맡은 행실 나쁜 배우가 아무도 없는 분장실에서 당당하게 유유자적하는 광경' 같은 느낌이었다. 너무 에두른 표현이긴 하지만.

처음에 엄마는 나에게 "들어가서 텔레비전이나 봐"라고 했다. 나는 화를 냈다. 다분히 전략적인 화였지만.

"난 이런 때 방에서 텔레비전이나 볼 정도로 무신경하지 않아."

"마짱……"

"전에 엄마도 말했잖아. 다른 누구보다도 나랑 관계된 일이라고. 난 이제 갓난아기가 아니야. 걱정할 거 없다는 식으로 얼버무려도 안 속는다고."

이쯤에서 다시 갈라테아 씨가 적절한 대사를 날렸다. "꼬마 말

* 헨델의 오페라 〈아시스와 갈라테아〉의 주인공.

이 맞아요, 부인. 나도 아이 앞에서 해도 되는 얘기와 해서는 안 될 얘기 정도는 구별하니까."

엄마는 마지못해 허락했다. 나는 엄마의 마음을 헤아려서 되도록 두 사람에게서 멀리 떨어져 앉았다.

한동안 실내는 침묵이라는 이름의 왕에게 지배당했다. 이 왕은 엄청나게 체중이 무거웠다. 강한 척했지만, 나는 거의 짓뭉개지는 기분이었다.

"집이 좋네." 주위를 두리번거리며 그녀가 입을 열었다. "재떨이는 없나?"

"담배 피우는 사람이 없어서요."

나는 살며시 일어나 목욕하고 마신 사이다 캔을 가져와 내밀었다.

"고마워." 그녀가 미소 지었다. "너 유키오 씨를 닮았구나."

지금까지 누구에게서도 그런 말을 들어본 적이 없다. 대개는 "엄마를 쏙 빼닮았네"라고 했다.

"여긴 임대료가 얼마나 해요?"

새 담배에 불을 붙이면서 그녀가 물었다. 엄마는 입을 굳게 다물고 말이 없었다.

"그 정도는 좀 알려주지. 그렇게 부모 원수 보듯 하지 말아요."

이 뻔뻔스러운 말에는 아무리 엄마라도 낯빛이 변했다. "당신 말이야, 자기 입장을 좀 깨닫는 게 어때?"

"입장?"

"당신은 내 남편과—" 엄마가 재빨리 나를 곁눈질했다. "내 남편과—사귀고 있잖아?"

상대가 웃음을 터뜨렸다. 솔직히 나도 쓴웃음을 간신히 억눌렀다. 그러나 웃으면 절대 안 된다. 엄마는 나에게 충격을 줄 만한 말을 피하려고 그러는 것이다.

지금 내가 이 자리에서 '엄마, 나 사실 며칠간 시마자키랑 같이 내가 사와무라 씨와 엄마 사이에 생긴 애라는 증거를 찾아다니고 있어'라고 고백한다면, 엄마는 의자째 뒤로 넘어갈 것이다. 나는 그 정도로 신뢰받는 아들이다. 순진무구한 어린아이—란 말이다. 하지만 아이가 반드시 순진무구하란 법은 없고, 순진무구한 것이 꼭 최선은 아니지 않은가? 어른들이 종종 간과하는 부분이지만.

"그래요, 난 유키오 씨랑 사귀고 있어요. 지금 그 사람은 내 집에서 살고 있고요." 그녀가 내 쪽으로 고개를 기울였다.

"내 말이 무슨 뜻인지 알겠니?"

"네, 알아요."

"그래, 똑똑하구나. 어른보다 훨씬 똑똑해."

다시 무슨 말을 꺼내려는 엄마를 가로막으며 그녀가 자세를 고쳤다.

"그래서 부인, 오늘은 말이죠, 당신들한테 유키오 씨를 돌려주러 왔어요."

"무슨 소리죠?"

"그러니까, 말 그대로예요. 난 유키오 씨랑 헤어질 거예요. 집에서도 나가라고 할 거고. 그러니 그 사람은 당신들에게로 돌아올 거란 말이죠."

한참 무표정하게 상대를 바라본 엄마가 단조로운 목소리로 물었다. "그 사람이랑 의논해서 나온 결론인가요?"

"아뇨. 나 혼자서요." 그녀가 담배 연기를 훅 뿜었다.

"그럼 남편이 순순히 받아들이지 않을 텐데요? 당신한테 푹 빠진 것 같던데."

그녀가 살짝 웃었다. "이봐요, 부인. 유키오 씨한테 들었는데, 당신은 꽤 오래전부터 그 사람이랑 나의 관계를 알고 있었다면서요? 어떻게 알아챘죠?"

엄마가 시선을 피했다. "그냥 자연스럽게요."

"하지만 '여자의 직감'만 가지고는 구체적인 것까진 알 수 없잖아요? 응? 알려줘요. 혹시 흥신소 같은 데 의뢰했어요?"

엄마는 식탁 다리를 노려보았다. 염력이란 게 존재한다면 순식간에 뚝 부러져서 하얀 원피스 여자를 향해 날아갔을 것이다.

이윽고 낮은 목소리로 대답했다. "직접 알아봤어요."

여자가 놀랐다. "와, 대단하네. 힘들었겠다."

엄마는 자포자기한 기색이었다. "남편은 그전에도 몇 번 이런 적이 있었으니까. 바람피운 게 당신이 처음은 아니야. 그래서 익숙해요."

"그런 것 같더군요." 그녀가 고개를 크게 끄덕였다. 엄마는 깜짝 놀라 얼굴을 들었다.

"당신, 그런 것까지 알면서 사귄 거야?"

"그래요. 나 역시 순진한 아가씨는 아니거든요. 그 정도는 알죠. 그래서 물어봤더니 다 얘기해주던데요. 유키오 씨는 인기가 꽤 많았나봐요. 한번은 회사 부하직원이랑 그랬다면서요."

아무래도 내가 으악! 소리를 질러버린 모양이다. 엄마가 허둥거리며 말했다.

"마사오, 넌 역시 듣지 않는 게—"

"이미 다 들었을 텐데요. 그치?"

"네……" 그렇다, 나는 그저 순수하게 놀랐을 뿐 상처받지는 않았다. "괜찮아, 엄마."

내가 무심코 으악 소리를 낸 것은 문득 무언가가 떠올랐기 때문이다. 이 년 전쯤 6월 대길일大吉日에 아빠와 엄마가 처음으로 중매를 섰을 때를. 여자 쪽이 아마도 아빠의 부하직원이었는데……

그러고 보니 그때 엄마는 할머니가 "분수에 안 맞는 거 아니냐?" 하고 마뜩잖은 표정을 지었을 정도로 값비싼 예복을 장만했었다. 그런데도 아빠는 잔소리 한마디 하지 않았다.

물밑의 가정생활이란 이토록 무시무시한 것이었나. 나는 큰 깨달음을 얻기라도 한 심정이었다.

"화려한 무용담이 많았나보더라고요." 하얀 원피스 여자가 나에게 미소를 건넸다. "그런데 말이야, 꼬마야. 아빠가 회사에서 인기가 많다고 나쁜 건 아니야. 그만큼 일을 잘한단 뜻이거든."

나는 "하하하" 어색한 웃음소리만 냈다. 달리 뭘 어쩌겠는가.

"다만, 지금까지는 열기가 식으면 늘 아내 곁으로 돌아왔겠죠. 그런데 이번에는 상황이 좀 달라요. 부인과 헤어지고 나랑 결혼하겠다는 말까지 꺼냈거든요."

꿀꺽 소리가 날 정도로 침을 삼킨 후, 엄마가 말했다. "나한테도 비슷한 말을 했어요. 집을 나간 것도 그래서겠죠."

"맞아요. 그럼 얘기하기 쉽겠네요." 그녀가 다리를 바꿔 꼬았다. "사실은 그래서 내가 곤란해요."

"곤란하다고?"

"그래요." 끝이 갈라진 머리칼을 찾듯이 만지작거리며 말했다. "난 그럴 생각이 없거든요. 결혼이라니, 그건 안 될 말이죠."

엄마가 내 쪽을 보았다. 내가 정신을 똑바로 차리고 있는지 확인하는 듯한 몸짓이었지만, 그러는 엄마의 눈이 오히려 초점을 잃어가고 있었다.

"오늘 온 것도 그 문제 때문인데."

들뜬 채 몸을 내민 그녀가 즐거운 듯이 말을 이었다.

"내가 유키오 씨를 부인과 아들한테 돌려줄게요. 좋은 말로 잘 설득해서. 당신은 역시 가정을 버리면 안 돼, 아내한테 돌아가, 부탁이야. 난 깨끗이 물러날게—뭐, 그런 식으로요."

이번에는 내가 엄마를 올려다보았다.

위험하다. 폭발하기 일보 직전이야.

"그러니까 어때요, 이걸로 깨끗이 매듭짓지 않을래요?"라며 그녀가 손바닥을 활짝 펼쳤다. 누구나 그렇듯, 손가락은 다섯 개다.

"—무슨 꿍꿍이실까?" 잇새로 밀어내는 듯한 엄마의 목소리.

"어머, 그야 뻔하죠. 이거요, 이거" 하며 이번에는 손가락으로 원을 만들었다. "오천만 엔으로 매듭짓자고요. 위, 자, 료. 위자료 말이에요. 이 정도면 싸잖아요? 당신이 뜻밖의 행운으로 얻은 돈의 십분의 일밖에 안 되니까."

엄마가 폭발해버렸다. 완전히.

"그래서 결국 어떻게 됐어?"

아빠의 여자친구가 허겁지겁 도망치듯 돌아간 후, 나는 시마자키에게 전화를 걸었다. 엄마는 "머리 좀 식히고 올게"라며 산책을 나갔다.

"'필요 없으면 그냥 쓰레기장에 내다버려!'라던데."

"너희 아빠를? 와, 세다."

"화내는 게 당연하긴 하지."

"'원한다면 그런 남자 한둘은 기꺼이 내줄게'라니."

"이걸로 완전히 아웃일까……?"

"아직은 모르지."

"그런데 말이야." 나는 수화기를 든 채 침대에 드러누웠다. "우리 아빠, 전과가 상당한 것 같아."

"흐으음."

"병이야. 외도 병. 이러면 만약 내가 정말로 사와무라 씨의 아들이고, 엄마가 그걸 알면서도 입다물고 있었대도 비난할 수 없겠지……"

"그건 좀 다른 문제 같은데. 첫째, 두 사람 중 누구의 아이인지는 낳은 사람도 알 수 없으니까."

"흐으음."

"괜찮냐?"

"응. 나도 꽤 강해졌어." 그런데도 목소리가 약간 작아지고 말았다. "왠지 미안한 마음이 들었어."

"엄마한테?"

"응. 난 지금까지 아무것도 몰랐잖아. 엄마가 아빠의 바람기 때문에 괴로워하는 걸 전혀 눈치 못 챘어. 이번 일이 생기기 전까지는 아무것도 몰랐거든. 완전 갓난아기지. 엄마는 지금까지 수도 없이 생각했대. 돈만 있으면, 아이 키우면서 사는 데 걱정만 없으면 당장이라도 이혼하고 싶었대. 그런데도 난 전혀 눈치 못 챘지."

"그러면 뭐 어떠냐?" 시마자키가 웃었다.

"젖먹이 아기가 엄마를 올려다보면서 '폐를 끼쳐서 죄송해요'라고 사과했다는 말은 들어본 적이 없는걸."

우리는 폭소를 터뜨렸다. 너무 웃어서 눈물이 날 정도로.

"야, 시마자키, 사와무라 씨는 엄마가 아빠의 바람기 때문에 괴로워하는 걸 알았을까?"

시마자키는 바로 대답하지는 않았다. "글쎄다……"

"유증을 결정하기 전에 엄마에 대해 여러모로 조사하지 않았을까? 그랬다면 알았을 가능성도 있지."

"알았으면 뭐가 달라지는데?"

"네가 말한 '사와무라 도박설' 말이야. 이러면 승산이 꽤 높잖아? 엄마는 그 돈을 받은 덕분에 이혼할 수 있게 돼. 실제로도 그렇게 흘러가고 있고. 그러면 나한테 말하지 않을까? 아니, 당장 말하진 않더라도 속으로는 결정하겠지. '마사오의 진짜 아빠는 오가타 유키오가 아니다. 사와무라 나오아키다'—라고."

산책 나가기 전에 눈물에 젖어 있던 엄마의 옆얼굴을 떠올렸다. 고통스러운, 그러면서도 묘하게 후련한 듯한 표정을.

"조사는 잠깐 쉬자." 시마자키가 말했다.

"그래. 아무래도 피곤하네. 여름방학도 아직 많이 남았고."

"응. 그리고 생각해봤는데. 낮에 들은 얘기 말이야. 별장 간다는 거."

"아아, 그거."

"너, 꼭 따라가야겠어. 그리고 마에카와 선생님이랑 직접 얘기해보면 어떨까? 그 선생님은 분명히 뭔가 알고 있을 거야. 그걸 캐낼 수만 있다면 우리의 수고가 확 줄지. 도쿄에서는 선생님과 단둘이 마주할 기회를 잡기 힘들겠지만, 별장에 가면 가능할 거야."

나는 마에카와 선생님의 온화한 얼굴을 떠올려보았다. "그렇겠네…… 한번 해볼까."

그렇게 해서 모든 게 명확해진다면—이라고 생각하니 살짝 무섭기도 했지만.

"한 가지 알아낸 게 있어." 나는 천장을 올려다보며 말했다. "내가 아빠의 자식이든 사와무라 씨의 자식이든, 여자 밝히는 기질은 물려받았다는 거지."

"인기 많을 거라고 해석해라, 친구야."

현관문 열리는 소리가 들렸다. 엄마다.

"아, 엄마 왔다. 그럼 또 연락하자."

"야!"

"응?"

시마자키가 웬일로 숙연한 목소리로 말했다. "이건 나도 들은 말이야. 언젠가 우리 아빠가 술 취해서 한 소리거든."

"뭔데?"

호흡을 한 번 가다듬고, 그가 말했다.

"아이는 모두 시대의 자식이다."

—이 말은 지금도 나의 좌우명이다.

4

마에카와 선생님이 주말에 별장으로 놀러오라던데—라고 엄마가 말한 것은 그주 금요일이었다.

"내일인데? 너무 갑작스럽잖아."

"으응, 그렇지. 좀더 일찍 얘기해줬어야 하는데, 엄마가 이래저래 정신이 없어서 깜박했어. 미안해. 뭐 다른 약속이라도 있니?"

"아니, 별로. 상관없어."

닛타 씨한테 미리 들었다는 건 숨겨야 했기 때문에 나는 일부러 시치미를 떼며 대답했다.

"며칠 자고 와?"

"이틀. 오갈 때는 선생님 사무실에서 일하는 분이 차로 데려다준다고 하니까 편할 거야."

"장소는 어디쯤이야?"

"가미스와래. 호수 옆이고 온천도 있다더라."

저녁식사를 한 뒤라 엄마는 싱크대에서 설거지를 하고 있었다. 손을 멈추고, 틀어놓은 물을 고스란히 손등에 튕기면서 잠깐 생각하더니 말을 이었다.

"마사오, 엄마가 내일 잠깐 아빠를 만나볼까 하는데……"

소파에 누워 텔레비전을 보던 내가 일어나 앉았다.

"무슨 할 얘기 있어?"

"응…… 지난번에 다녀간 그 여자 일도 있고. 그후로 이렇다 저렇다 말이 없잖아. 신경쓰여서."

"꼭 내일 안 가도 되잖아?"

"그렇지만 주말 아니면 아빠를 만날 수 없잖니." 수도꼭지를 잠그고 엄마가 나를 돌아보았다. "실은 어제, 아빠와 친한 회사 동료한테 전화가 왔었어. 아무래도 그 여자와 진짜로 헤어진 것 같아."

나도 모르게 얼굴을 찌푸렸던 모양이다. 엄마가 희미하게 웃고 말을 이었다.

"그런 표정 지으면 안 되지."

나는 갈라테아 씨의 얼굴과 말투를 떠올렸던 것이다. 우리에게 한 푼도 뜯어낼 수 없다는 걸 알고 곧장 아빠를 내쫓았을까? 실랑이를 벌이진 않았을까?

"확실한 정보야?"

"그렇대. 그 여자 집에서 나와서 우리집에서 혼자 지내는 모양이야."

나는 텔레비전을 껐다. 어차피 재미도 없는 드라마였다.

"그래서, 엄마는 아빠랑 대화해보고 싶은 거지?"

엄마가 앞치마에 손을 닦으며 어깨를 움츠렸다. "너는 아빠가 어쩌고 있는지 엄마가 보러 가는 거 반대지? 화해 같은 건 원하지 않지? 그렇게 별말을 다 들었으니."

"치사하네."

"뭐가?"

"치사하잖아. 내가 '응, 반대야. 그냥 헤어져' 하면 '그래. 그렇게 나쁜 아빠는 두 번 다시 안 만날게'라고 할 거야? 난 엄마가 어떻게 하고 싶은지 물어본 거야."

엄마가 약간 놀란 듯이 눈을 크게 떴다. 그러고는 말했다. "엄마는—아직 어쩌면 좋을지 모르겠어."

"그래. 나도 아직 모르겠어. 지난 몇 주 동안 지금까지 몰랐던 사실을 너무 많이 알아버렸으니까. 당장 대답이 나오진 않지."

"……그렇지."

"나는 엄마가 하고 싶은 대로 하는 데 찬성이야. 그러니 아빠가 신경쓰이면 만나서 얘기하면 돼. 내가 아까 '내일 안 가도 되잖아?'라고 한 건 여행을 앞두고는 정신이 없으니 다녀와서 만나면 어떨까 했던 거야. 아빠를 만나지 않았으면 해서가 아니야."

엄마는 눈만 깜박거릴 뿐, 아무 말도 없었다.

저도 모르게 말이 길어진 건 요 며칠 동안 해오던 생각들이 머릿속 깊은 곳에서 꿈틀댔기 때문이다. 그래서 좀 화가 나기도 했다.

아빠의 바람기 이야기를 할 때 엄마는 '아이만 마음에 걸리지 않았으면 벌써 이혼했다'고 했다—그래서 나는 몹시 미안한 마음이 들었다. 아무것도 몰랐던 게 부끄러웠다. 그건 그런대로 넘길 수 있지만, 한편으로는 왠지 모르게 화가 났다.

뭐든 내 탓으로 돌리지 마, 싫어서다. 나 때문에 참았다고 하진 말라고.

"나도 아빠가 보고 싶으면 알아서 만날게."

엄마는 눈을 내리뜨고 바닥을 바라보았다. 이윽고 나지막하게 말했다. "이젠 제법 건방진 소리도 할 줄 아네."

나는 가만히 있었다. 이 상황에서 '미안, 두 번 다시 그런 말 안 할게'라고 하면 원점으로 돌아가버린다. 그런데 입을 열면 그런 말이 튀어나올 것 같았다. 그러는 쪽이 마음은 훨씬 편하니까.

엄마는 한숨을 내쉬더니 다시 설거지를 시작했다. 수돗물을 틀고는 뒤돌아보며 빙긋 웃었다.

"그럼, 내일 만나고 올게. 사무실 직원한테는 엄마가 돌아올 시간에 맞춰서 데리러 와달라고 하고."

그제야 마음이 놓여서 나도 웃었다. 역시 이만한 말을 하려면 용기가 필요한 것이다. 나는 이왕 만용을 부린 김에 한마디 덧붙였다.

"저기, 엄마. 화내지 말고 들어."

"이번에는 뭐니?"

"아빠가 어쩌고 있는지 보러 가려면, 그 여자가 잘 지내는지도 확인하는 게 좋을 거야. 엄마, 그 사람 사는 데는 알지? 미리 알아봤을 테니까."

엄마는 거품투성이 두 손을 멈춘 채 멍하니 서 있었다. 잠시 후 살짝 뒤집힌 목소리로 말했다.

"너, 아빠가 그 여자를 어떻게 했을 거라고 생각하는 거니?"

"예기치 못한 상황이라는 게 있잖아?"

갈라테아 씨가 그렇게 속물적으로 단칼에 잘라내며, 안녕 잘 가세요 하고 내쫓아버렸다면, 그녀와 결혼까지 생각했던 아빠가 이성을 잃었을 가능성은 매우 높다. 의도가 없었더라도 말다툼이 몸싸움으로 번지고, 툭 밀쳤는데 운나쁘게 테이블 모서리에 머리를 부딪혀서—

서스펜스 드라마를 너무 많이 본 탓일까. 그래도 걱정이 됐다. 아빠는 지금 상당히 자포자기 심정일 테니까.

"얘, 마짱." 엄마가 입꼬리를 내려뜨리고 딱하다는 표정으로 말했다. "넌 부모를 못 믿는 모양이구나."

나는 마음속으로 중얼거렸다. 그런 건 아니야. 다만 어떤 인간이든 무조건 전적으로 신뢰할 순 없다는 뜻이지.

헤헤. 내가 시마자키를 닮아가나?

다음날, 실컷 늦잠을 자고 일어나보니 엄마는 이미 나가고 없었다. 무리도 아니다. 이미 점심때가 가까웠으니까.

두시쯤 마에카와 선생님에게서 전화가 왔다.

"어머니는 외출하셨지?"

"네. 엄마한테 연락 받으셨어요?"

"응, 어제. 나도 지금부터 회의가 하나 있어서 저녁쯤에 출발하자고 했단다. 그래야 시원하고, 길도 안 막힐 테니까."

오늘도 태양이 멸사봉공의 정신으로 임하는 듯 바깥은 쨍쨍했다.

"데리러 가기 전에 전화하마. 기다리기 지루하겠지만."

"게임이나 하면서 기다릴게요."

선생님이 웃었다. "거기 가면 그런 게 없을 테니. 어머니한테는 2박이라고 했지만 우리 가족은 좀더 머물 거니까, 마음에 들면 더 있어도 된다."

"고맙습니다."

기다리는 동안 시마자키의 집에 전화를 걸어보았다. 아주머니가 받았다.

"어머나, 마사오, 잘 지내니?"

"네, 잘 지내요. 도시히코는요?"

"잠깐 나간 것 같은데. 요즘 뭐하고 다니는지 모르겠어. 도통 집에 붙어 있는 날이 없구나."

어, 뭐지? 하는 생각이 들었다. 우리 조사는 보다시피 잠시 중단한 상태인데…… 혹시 데이트라도 하나.

"도서관 가지 않았을까요?"

"그러면야 대견하겠지만, 과연 그럴는지. 아주 까무잡잡해졌어. 뭐, 아무렴 어떠냐. 마사오네 부모님도 별일 없으시지?"

여러 의미가 함축된 질문일까? 잠깐 머리를 굴려봤지만 그럴 필요는 없었다. 시마자키네 아주머니는 에둘러 말하는 사람이 아니다.

"요즘 동네에서 마사오 엄마를 통 볼 수 없어서 무슨 일이 있나 했어. 주변에서 하도 수군거리니까, 혹시 몸이라도 안 좋은가 걱정되더라고. 건강하시면 다행이네."

이런 말은 오랜만에 들었다. 기뻤다.

"하긴, 좋은 일이 있으면 나쁜 일도 있기 마련이니. 집에도 놀러오고 그래. 요즘에는 코빼기도 안 보이던데."

가끔 빨래건조대로 올라가서 아주머니 몰래 시마자키 방에서 자고 온 적도 있는데, 그런 생각을 하며 나는 웃었다.

"네."

오는 김에 머리도 좀 자르고—아주머니는 그렇게 말하고 전화를 끊었다. 통화가 끝나자마자 엄마가 돌아왔다.

"아빠는 어때?"

엄마는 더운 듯 얼굴에 손부채질을 하며 에어컨 온도를 내렸다.

"가니까 없던걸. 집으로 돌아온 건 확실한데 말이야. 빨래를 널어놓은 걸 보니."

"외출했나?"

"그런 것 같아. 토요일인데 출근했나 싶어서 회사로 전화해봤는데, 그것도 아니었어."

오늘은 다들 외출하는 날인가…… 어디서 시간을 보내고 있을까. 우리 아빠는 도박 종류는 일절 하지 않는다. 마작에도, 파친코에도 손댄 적 없다. 소음 때문에 머리가 지끈거린다고 했다. 그렇다고 한가롭게 산책을 다니는 사람도 아니고—

또 원샷 클럽에 갔나, 하고 생각했다. 또다른 미인과의 만남을 기대하면서.

이런 생각을 하다니, 나도 꽤 때가 묻었는지도 모르겠다. 아니, 어른이 되었다고 할까.

"쓰레기통이 꽉 찼더라. 흘러넘칠 지경이었어." 엄마가 혼잣말처럼 말했다. 시원한 보리차 잔을 들고 부엌 싱크대에 기대어 있다.

"집에 온 지 이삼일밖에 안 됐을 텐데?"

"도시락 상자에 컵라면 용기에, 온통 그런 것들이라 부피가 커서 그래. 맥주 캔도 있고."

우리 아빠는 요리도 하지 않는다. 과장이 아니라 정말로. 심지어 인스턴트 라면도 귀찮다며 그냥 씹어 먹을 때도 있다.

"영양실조 걸리겠네."

이제 아빠의 상황은 더더욱 궁지에 몰린 듯했다. 뭐니뭐니해도 변변찮은 식생활만큼 비참한 건 없다. 왠지 나까지 흠뻑 젖은 신발을 신고 있는 듯한 기분이었다.

"그럼, 그 여자는? 그 사람은 어때? 잘 지내?"

엄마는 보리차를 다 마시고, 잔에 남은 얼음을 입에 넣고 으득으득 씹었다.

"없던데."

"그 사람도 없다고?"

“응, 신문이 한 삼 일치 쌓여 있었어.”

어젯밤에는 충분히 여유롭게 떠올렸던 가설이 갑자기 현실적으로 보이기 시작했다. 그 갈라테아 씨가 테이블 모서리에 머리를 쿵—그게 아니면 목을 졸려서—

삼 일치 신문이라. 시체를 집안에 방치했다면 이렇게 무더운 날씨에는 벌써 냄새가 날 것이다. 코를 찌르는 악취가.

“엄마, 그 집에서 이상한 냄새 못 맡았어? 뭐 썩는 것 같은 냄새 말이야.”

엄마는 태평하게 얼음을 씹었다. “전혀, 아무 냄새도 못 맡았어.”

그럼, 다행이다. 하지만…… 아빠도 서스펜스 드라마를 꽤 많이 봤단 말이지. 시체를 산속에 버리는 정도의 기지는 발휘할지도 모른다. 그렇다면 차를 몰고 나가서, 삽을 사고—아니, 그 정도로 그치지 않을지도 모른다. 앞날에 절망한 아빠, 자기도 죽기로 마음먹지만 차마 죽지 못하고 어딘가로 도망쳤을지도 모른다. 허둥지둥 묻은 탓에 어쩌면 산속의 시체가 이미 발각되었을지도 모른다. 현장에 또렷한 타이어 자국. 시체의 신원은 곧 밝혀지고, 형사의 질문을 받은 갈라테아 씨의 친구가 외친다. “오가타 씨가 한 짓이에요!”

그쯤에서 수사가 활기를 띤다. 어쩌면, 아아, 정말로 어쩌면, 형사들은 엄마와 엇갈려서 갈라테아 씨 집에 갔다가 지금은 이쪽으로 오고 있을지도 모른다. 그리고 지금, 아빠가 있어야 할 집으로 내가 전화를 걸면, 처음 들어보는 낯선 남자 목소리가 받을지도. 그 사람은 형사고, 전화기 옆에서 기다리고 있었을지도.

갑자기 옆통수로 손바닥이 날아들었다.

"마사오, 지금 무슨 생각을 하는 거니?"

"엄마, 저기, 어쩌면 형사가 올지도 몰라." 내 상상력이라는 이름의 서러브레드는 질주에 질주를 거듭하며 네번째 코너를 돌아 직진 코스에 돌입했고, 채찍질을 당해 이젠 멈출 수 없게 되었다. "봐, 지금 당장 초인종이—"

딩동, 하고 울렸다.

엄마와 나는 밀랍인형관의 전시품처럼 얼어붙었다. 몇 초쯤 그러고 있던 엄마가 "커헉" 소리를 냈다.

"왜 그래!"

목젖을 꿀렁인 후 말했다. "네가 자꾸 이상한 소리를 하니까 얼음이 넘어가버렸잖니."

외국영화라면 이쯤에서 "갓 댐!"이라고 외쳤을 것이다. 나는 의자에서 뛰어내려가 모니터를 확인했다.

"안녕하세요. 모시러 왔습니다."

우유병 밑바닥 같은 안경을 쓴 얼굴이 붙임성 있게 인사했다.

5

"기다리시게 해서 죄송합니다."

운전대를 잡은 닛타 씨가 미안한 표정을 지었다. 자동차는 지난번과 같은 형태에 색깔도 흰색. 승차감도 지난번처럼 편안했다.

"선생님 회의가 생각보다 길어질 것 같아요. 차지권 갱신 관련한 분쟁인데, 의뢰인이 오늘중으로 꼭 현지를 봐달라며 고집이라 말이죠. 저희로서는 어쨌든 의뢰인의 뜻대로 맞춰줘야 하니 어쩔 수 없어서. 그래서 제가 두 분을 모시고 조금 앞서서 가게 됐습니다."

"어머, 저런. 오히려 저희가 죄송하죠." 뒷좌석에 앉은 엄마가 공손하게 고개를 숙였다. 하필이면 그 순간 차가 신호를 받아 멈춰서는 바람에 살짝 우스꽝스러운 자세가 되었다.

조수석에 탄 나는 "아무거나 좋아하는 노래 틀어보렴"이라는 말에 콘솔박스에 있는 카세트테이프를 뒤적거리고 있었다. 팝송, 일본 록음악, 유밍, 구와타밴드, 영화음악 명곡집 등이 있었다.

"그리고 우리 마사오가 신세 진 적 있었다는데, 저는 전혀 몰랐네요. 부끄럽습니다."

닛타 씨가 멋쩍게 웃었다. "아뇨, 별거 아니었어요. 마침 방향이 같아서 같이 온 것뿐입니다."

닛타 씨를 만났던 걸 철저하게 숨기고 있었는데 내 입으로 멍청한 짓을 저지르고 말았다. 모니터에 비친 것이 무서운 형사 얼굴이 아니라 친절해 보이는 그의 얼굴임을 확인한 순간, 긴장이 확 풀려서 나도 모르게 말해버린 것이다.

"에이, 뭐야. 닛타 씨네."

"닛타 씨라니, 그게 누군데?" 엄마가 물었다.

"마에카와 선생님 조수로 일하는 닛타 씨. 엄마도 알잖아?"

그런데 몰랐던 것이다. 결국 나는 시마자키와 둘이서 이 사람 차를 얻어타고 집으로 왔다는 사실을 자백하는 신세가 되었다. 다행히 엄마는 처음 만나는 닛타 씨에게 인사하기 바빠서 우리가 왜 니시후나바시에 있었는지는 물어보려 하지 않았다.

"저희 말고 먼저 출발한 분이 계신가요?"

"네. 선생님 가족분들요. 스와호수와는 거리가 있지만, 산중턱이라 전망이 좋고 아름다운 별장이라고 합니다. 주말이라 주변 별장에도 다 사람들이 와 있어서 오늘밤 가든파티를 크게 연다고 하네요. 바비큐도 한대, 마사오."

"재밌겠네." 엄마는 그렇게 말하고 등받이에 기댔다.

"이제 세시네요" 대시보드의 시계를 힐끗 보며 닛타 씨가 말했다. "막히지 않으면 일곱시 전에는 도착할 겁니다."

바비큐라니, 신난다. 그런 생각을 하면서도 나는 여전히 테이프를 골랐다. 이런 때는 평소에 들은 적 없는 음악부터 먼저 들어보고 싶어서 시간이 좀 걸렸다.

"이건 뭐지? 록인가요?"

테이프 하나를 집어들고 닛타 씨에게 물어보았다. 라벨에는 반듯한 글씨체로 '이글스 BEST'라고 쓰여 있었다.

"음, 맞아. 록이야. 캘리포니아 사운드라고 해야 할까. 여름 분위기지. 아 참, 마사오는 이글스는 모르겠구나. 내가 네 또래였을 때 해산했으니까."

"들어봐도 돼요?"

"되고말고. 너도 아는 곡이 있을지 몰라. 〈호텔 캘리포니아〉나 〈데스페라도〉 같은 곡."

도쿄를 벗어날 때까지는 정체가 이어졌다. 그러나 차에서 흘러나오는 음악이 지루함을 잊게 해주었다. 닛타 씨의 말대로 몇 곡은 귀에 익었다. 노래 제목도 밴드 이름도 몰랐으니 왠지 득을 본 듯한 기분이었다. 새로운 곡이 나올 때마다 나는 닛타 씨에게 제목을 물었다. 가사가 비교적 쉬워서 군데군데 알아들을 수 있었다.

닛타 씨는 학창 시절 이 밴드를 무척 좋아했다고 했다. 직접 베이스를 조금 배워서 커버밴드를 한 적도 있다나. 도수 높은 안경 뒤에 그런 얼굴이 감춰져 있었다니.

"실력은 완전 바닥이었지만" 하며 웃었다. "이글스 멤버 중에 돈 헨리와 글렌 프라이라고 있어. 그 사람들은 아니?"

"글렌 프라이라는 이름은 들어본 것 같은데……"

"『비버리 힐스 캅』에서 〈더 히트 이즈 온〉이라는 노래를 불렀지."

"진짜요? 그랬구나."

우리가 그런 얘기를 나누는 동안 엄마는 눈을 감고 꾸벅꾸벅 조는 것 같았다.

내가 특히 마음에 들었던 것은 테이프 끝에 나온 노래였다. 처음 들어보는 노래였지만 다시 돌려가면서 들었고, 두번째에는 따라서 흥얼거렸다.

날이 밝을 때까지 누군가는 상처받겠지
오늘밤은 그런 밤
어쩔 수 없어
누구나 사랑받고 싶어하고
기회를 잡으려 하니까
오늘밤은 가슴 아픈 밤이 되겠지
알고 있어
가슴 아픈 밤에
달이 빛나고 있으니, 이제 그만 불을 끄자

대충 그런 가사였다.

"이 노래가 마음에 드나보네." 닛타 씨가 앞을 본 채 말했다.

"네. 좋은 노래네요."

"나도 좋아해. 해산 직전에 히트한 곡이지. 하지만 제일 좋아하는 건 역시 〈데스페라도〉야."

그래서 리퀘스트에 응해 〈데스페라도〉를 틀었다. 이번에는 닛타 씨가 작게 따라서 흥얼거렸다.

사가미호수 근처에서 휴게소에 들렀다. 엄마와 내가 차로 돌아가는데, 마침 닛타 씨가 컵을 들고 걸어오는 중이었다.

"아이스커피 사왔는데, 괜찮으세요?"

"네, 그럼요. 고마워요."

엄마가 받으려고 했는데, 타이밍이 어긋나는 바람에 컵을 놓치고 말았다. 갈색 액체가 엄마와 내 가슴팍으로 확 끼얹어졌다.

"앗, 차가워!"

"미안! 마짱, 괜찮니?"

엄마가 호들갑을 떨며 손수건을 꺼내 내 티셔츠를 닦아줬지만 별 도움은 되지 않았다.

"옷을 갈아입는 게 좋겠어요." 닛타 씨가 말했다. "에어컨 바람을 쐬면 감기 걸릴 거예요."

"그래야겠네요."

엄마의 흰색 폴로셔츠도 옷깃부터 가슴까지 진갈색으로 물들어버렸다. 아직 두세 번밖에 안 입어서 새 옷이나 다름없는, 가슴께에 이니셜이 들어간 옷이었다.

"얼룩이 질지 모르니 여기서 대충이라도 빨아야겠어요."

닛타 씨가 트렁크를 열고 짐을 꺼내줘서 엄마와 나는 각자 화장실로 다시 돌아가 옷을 갈아입었다. 돌아온 엄마에게서 젖은 셔츠 두 장을 받아든 닛타 씨가 "다른 짐이 젖지 않게 잘 넣어둘게요. 비닐봉지가 있으니까요. 자, 먼저 타시죠" 했다. 그리고 거의 금방 트렁크 문을 닫더니 운전석으로 돌아왔다.

"자, 가실까요."

고후에서 니라사키를 지날 무렵 긴 여름 해가 저물고 하늘이 붉게 물들기 시작했다. 석양을 향해 달리는 느낌이라 기분이 꽤 좋았다.

스와호수가 가까워지자 닛타 씨가 틈틈이 지도를 확인했다. 도로 지도가 아니라 별장지대 안내도였다. 내가 펼쳐서 운전석 쪽으로 보여주었다. 무슨 안내도에서 복사한 모양인지, 가는 길이 빨간 볼펜으로 표시되어 있었다. 보아하니 우리가 가는 곳은 '가미스와 레이크 빌리지'라는 별장지대 안에 있는 '우디하우스'인 듯했다.

"삼십 분 정도면 도착해"라는 닛타 씨의 예상은 정확했다. 왼쪽으로 스와호수가 얼핏 보이는 완만한 산길을 오르자, 잠시 후 탁트인 장소가 나왔다. 통나무를 조립해서 만든 간판에 '가미스와 레이크 빌리지에 오신 걸 환영합니다'라고 쓰여 있었다. 그 옆에 별장지대 내부 안내도가 걸려 있고, 작은 건널목 같은 차단기가 있었다. 오두막에서 관리인으로 보이는 한 사람이 얼굴을 내밀었다.

닛타 씨가 차창으로 올려다보며 "우디하우스 가는데요"라고 말했다. 관리인이 곧바로 "여기로 올라가서 처음 나오는 갈림길에서 오른쪽으로 가세요. 천천히 우회해서 산을 올라가게 되어 있습니다. 십 분 정도 걸려요"라고 설명하고, 무슨 버튼 같은 걸 눌러서 차단기를 올려주었다.

숲속에는 이미 밤기운이 내려앉고 있었다. 나는 창을 열고 습기를 머금은 나무와 풀, 불순물이 적은 공기를 음미했다. 차가 올라갈수록 왼쪽에 반짝이는 것들이 나타났다 사라졌다 했다. 호수 옆 온천장의 불빛이 어두운 호수에 반사된 것이다.

잠시 후 눈앞에 느닷없이, 그리고 꿈속인 듯 아름답게, 초롱불 몇 개가 흔들리는 광경이 보였다. 본오도리* 때 쓰는 것보다 좀더 둥글고, 좀더 밝았다. 나무에서 나무로, 처마에서 처마로 띄엄띄엄 이어지며 환하게 빛나고 있었다.

"어머, 예뻐라……" 엄마가 한숨 섞인 목소리로 말했다.

"다행히 파티에는 안 늦은 것 같네요." 닛타 씨가 속도를 낮추며 말했다.

사람이 꽤 많았다. 특히 아이들이 눈에 띄었다. 게다가 각양각색의 분장을 하고 있었다. 머리에 시트를 뒤집어쓰기도 하고, 마분지로 만든 뿔을 달기도 하고. 나풀나풀한 튀튀를 입고 등에 얇은 날개를 붙인 여자아이도 보였다.

"가장무도회인가?"

---

* 음력 7월 15일 밤에 남녀가 모여서 추는 윤무.

"재미있겠네."

우디하우스는 별장지대 안에서 제일 높은 곳에 있었다. 다시 말해 가장 안쪽이다. 포장된 길은 거기서 끝났다. 그 앞에는 숲, 그리고 더 높은 곳에 하늘이 있을 뿐. 하늘에는 별이 빛나기 시작해, 쟁반 같은 둥근달이 떠 있었다. 한껏 발돋움해서 얼굴을 가까이 대면 마치 거울처럼 달에 비춰볼 수 있을 것 같았다.

이름 그대로 통나무를 쌓아올린 건물이었다. 삼각 지붕에 들창이 나란히 세 개 나 있었다. 벽돌을 쌓아올린 네모난 굴뚝이 있으니 안쪽에 진짜 난로가 있을지도 모른다. 널찍한 베란다에 흔들의자 두 개가 나란히 있고, 처마 끝에서도 초롱불이 흔들거렸다.

모든 창에서 노란 불빛이 새어나왔다. 그리고 노랫소리가 들려왔다. 합창이었다. 나는 모르는 노래지만, 네 파트 정도로 나뉘어 아름다운 하모니를 만들어냈다.

"어라……" 차에서 내리면서 닛타 씨가 고개를 갸웃했다. "여기 맞지?"

우리는 다시 한번 아까의 지도를 확인했다. 틀림없었다. 고개를 들고 건물 입구로 이어지는 바깥계단 쪽을 보니 입구에 '우디하우스'라는 팻말이 걸려 있었다.

"잠깐 기다려주세요"라는 말을 남기고 닛타 씨가 건물로 들어갔다. 엄마와 나는 차 옆에서 주위를 둘러보며 기다렸다.

"멋지네." 엄마가 미소 지었다. "왠지 꿈같아."

"일본에도 이런 곳이 있구나." 내가 웃었다. "엄마, 이런 별장 갖고 싶지 않아?"

"넌 갖고 싶니?"

"응, 좋은데."

"그럼, 살까?"

그런 말을 하며 웃고 있는데 닛타 씨가 돌아왔다. 그는 전혀 웃고 있지 않았다. 웃기는커녕 입가가 약간 굳어 있었다.

"왜 그래요?"

나를 흘낏 바라본 후 엄마가 물었다. 닛타 씨는 곤란한 듯이 고개를 저으며 한 손에 든 지도를 오른쪽 왼쪽 번갈아 보다가 급기야 거꾸로 뒤집기까지 했다.

"무슨 일 있어요?"

내가 묻자 마침내 체념한 듯이 고개를 들고, 기어들어가는 목소리로 말했다.

"아니래."

"네?"

닛타 씨는 몹시 당황한 기색으로 안경 너머 눈을 연신 깜박거렸다.

"아니래요. 마에카와 선생님 가족은 여기 없어요. 이곳에는 다른 사람이 어제부터 쭉 묵고 있대요. 뭔가 착오가 있는 것 아니냐고 하네요."

6

일이 꼬이려면 그런 법이겠지만, 우디하우스에 와 있는 손님들과 한참 얘기를 나누고, 우리끼리 머리를 쥐어짜며 지도를 다시 살펴보고, 결국 '별장 관리회사에서 이중 예약을 받은 게 아닐까' 하는 결론에 다다랐을 때는 이미 관리회사의 근무시간이 끝난 뒤였다. 하긴 늦게 도착한 탓도 있으니, 어쩔 도리가 없다.

허둥지둥 입구의 관리인에게 물어보려고 달려갔지만, 그쪽도 이미 퇴근해버렸다. '긴급연락처'라고 붙여둔 종이의 전화번호로 연락해봐도 "오늘은 영업이 종료되었습니다"라는 녹음 메시지가 응답할 뿐이었다.

"이러다가 정말로 긴급사태가 생기면 어쩔 셈이람." 엄마가 어이없다는 표정을 지었다.

물론 닛타 씨는 별장 안에 있는 전화를 빌려서 마에카와 법률사무소에도 몇 번이나 전화를 걸었다. 그런데 역시 연락이 안 된다고 했다.

"아무도 안 받아요. 이미 출발했겠죠. 이리 오는 중일 거예요."

다른 변호사 선생님의 집이나 별장 여행에 참가하지 않은 직원들에게도 연락해본 모양이지만 별다른 수확은 없었다. 그도 그럴 것이 도쿄에 있는 직원들도 지금 닛타 씨가 손에 들고 있는 복사본과 똑같은 지도를 갖고 있다고 하니.

"'뭐? 아니라고? 그럼 어쩌지?' 하면서 놀라기만 하네요."

괴로운 표정을 짓는 닛타 씨에게 엄마가 상냥하게 말했다.

"너무 속상해하지 말아요. 마에카와 선생님 일행이 이곳으로 오고 있는 건 틀림없죠?"

"네, 그럴 겁니다. 다른 데 가려고 해도 갈 수가 없어요. 모두 똑같은 지도를 갖고 출발했으니까요."

"그럼 기다리고 있으면 분명히 합류하겠네요. 그래도 여기서 마냥 기다릴 순 없으니 대신 말을 전해달라고 부탁하고, 우리는 호수 쪽에서 숙소를 찾아봐요. 내일 관리회사와 연락이 닿으면 어떻게든 조치해줄 테니까요."

닛타 씨는 지친 표정으로 고개를 떨어뜨렸다. "그렇네요…… 정말 면목없습니다."

그런데 우디하우스의 손님에게 말을 전해달라고 부탁하러 가자, "저희는 상관없으니까 그냥 여기서 기다리시면 어때요? 가든파티도 시작됐고, 저녁식사 시간이니까" 하는 것이다.

설명이 좀 늦었지만, 그 손님은 개인으로 온 가족동반객이 아니었다. 요코하마시 교외에 있는 '빛의 집'이라는 복지시설의 일행이었던 것이다. 아까 들었던 노랫소리는 열다섯 명의 아이들이 오늘 가든파티에서 선보이기로 한 합창 공연의 리허설이었다.

"우리는 해마다 사흘 동안 이곳에서 이동교실을 열어요. 그때마다 우디하우스를 빌리고요. 올해로 벌써 사 년째인데. 아무래도 이번 일은 관리회사의 착오인 것 같네요."

인솔 책임자라는 쉰 살가량의 온화해 보이는 중년 여자가 설명해주었다. 건네준 명함에는 '빛의 집 이사장대리 이마자토 요시코'라고 쓰여 있었다.

"저 말고 교사가 몇 명 더 왔지만, 사정을 설명하니 다들 여기서 기다리시는 게 좋겠다고 했어요. 괜찮으면 자고 가셔도 되고요."

"아니, 그건 좀……"

미안해하는 닛타 씨에게 이마자토 씨가 부드럽게 웃어 보였다.

"빈방은 있어요. 그리고 무엇보다 배고프실 거 아니에요? 호숫가 숙소는 여기서도 알아볼 수 있으니까, 일단 식사부터 하시고 좀 쉬세요. 서두를 것 없어요."

그때 타이밍 절묘하게 내 배에서 꼬르륵 소리가 나서 이마자토 씨가 짝 손뼉을 쳤다.

"내 말이 맞죠? 자, 얼른 들어오세요."

어떡하죠…… 하는 표정을 짓는 닛타 씨에게 엄마가 말했다.

"선생님 말씀이 맞아요. 사양 말고 그렇게 하죠. 신세 진 부분은 나중에 따로 감사인사를 드리고요. 여기저기 돌아다니다 마에카와 선생님 일행과 엇갈리기라도 하면 그것도 문제잖아요."

나도 전적으로 찬성이었다. 게다가 정말로 배가 고팠다.

가든파티는 가미스와 레이크 빌리지의 별장들이 합동으로 주최하는 자리라 회비가 있었다. 우리는 입구에서 돈을 내고, 덕분에 편안한 마음으로 빈 테이블에 앉았다.

그러고 보니 이마자토 씨를 비롯해, 여기 모인 사람 중 누구도 엄마의 얼굴을 보고, '어머? 오억 엔의 그 사람이잖아?' 하는 반응을 보이지 않았다. 그만큼 화제가 잊히는 속도가 빠른 걸까. 아니면 이런 별장지에서 여름철을 보내는 사람들은 모두 부자라서 그런 화제에 관심이 없는 걸까. 어느 쪽이든 이것도 마음 편한 상황임은 틀림없었다.

표정이 편치 않은 사람은 닛타 씨뿐이었다. 툭하면 자리에서 일어나 전화를 하러 갔다. 책임감을 느끼는 모양이었다. 엄마가 달래도 전혀 효과가 없고, 내내 불안한 기색이었다.

이마자토 씨는 계속 우리 자리에 머물며 이것저것 신경을 써주었다. 좋은 사람이라는 생각이 들었다. 얘기를 더 들어보니, 이마자토 씨가 하는 일은 배려심 많고 따뜻한 사람이 아니면 할 수 없다는 걸 알 수 있었다. '빛의 집'은 순수하게 개인이 운영하는 시설이고, 이사장은 이마자토 씨의 남편이었다. 십오 년 전 시설을 처음 열었을 때는 자택의 일부를 개조해서 사용했고, 경비도 대부분 직접 부담한다고 했다.

"그럼, 엘리자베스 선더스 홈* 같은 건가요?"

바비큐 연기 너머로 엄마가 묻자 이마자토 씨가 고개를 저었다.

---

* 가나가와현 오이소마치에 있는 아동보호시설.

"여러 가지 법률적인 규정이 있어서, 우리 시설에서는 기댈 곳이 전혀 없는 아이는 맡을 수 없어요. 미취학 아동도 없고요. 그런 아이들은 국가나 지자체에서 관리하고 보호해주거든요. 우리 시설은 한 부모 가정의 아이나, 사정상 어느 쪽 부모와도 같이 살 수 없는 아이, 그래도 다른 친척은 있는 아이들을 그분들 의뢰로 일정 기간 맡아주고 있죠. 그래서 돈도 제법 들어요."

"그런데 어떻게 이런 행사를 할 수 있나요?"

마침 합창 공연을 위해 가든파티장 중앙 무대에 정렬하기 시작한 아이들을 바라보며 엄마가 물었다.

이마자토 씨가 쓴웃음을 지었다. "아무래도…… 살림살이가 빠듯하긴 해요. 그래도 우리의 취지를 이해해주시는 후원자가 계셔서 기부금으로 겨우겨우 꾸려나가는 형편이에요. 그게 아니면 여름 이동교실도 까마득한 꿈 같은 일이었겠죠."

아이들이 무대에 정열하자 파티장 테이블 여기저기에서 일제히 박수가 터졌다. 대부분 나보다 어린 아이들이었다.

"매년 우리 아이들이 연극이나 합창을 하는 걸 많이들 기대해주세요." 이마자토 씨가 실눈을 뜨고 남들보다 한층 큰 박수를 보내며 말했다.

젊은 여자 선생님의 신호로 아이들이 다 같이 인사하자 또다시 박수가 터졌다. 잠시 후 반주가 흘러나왔다. 〈별에게 소원을〉이라는 곡이었다.

아까 봤던 시트나 튀튀 같은 분장의 의미를 그제야 나도 이해했다. 합주는 디즈니 영화의 주제곡이나 가곡을 편곡한 메들리였다. 노래 사이사이에 뮤지컬풍 안무도 들어갔다. 이때를 위한 의상이었던 것이다.

세번째 곡 〈난쟁이의 행진〉이 시작됐을 때, 자리를 떴던 닛타 씨가 돌아왔다. "전화를 전혀 안 받네." 작게 말하고 우울한 표정을 지었다.

"어쩔 수 없죠. 기다리고 있으면 마에카와 선생님 일행이 올 거예요. 그러지 말고 노래나 좀 들어봐요." 엄마가 속삭였다.

일곱 곡의 메들리가 끝난 후 다시 〈별에게 소원을〉으로 돌아갔다. 줄 양쪽에서 튀튀를 입고 날개를 단 여자아이가 한 명씩 나오더니, 끝에 금색과 은색 별이 달린 지팡이를 휘두르며 스텝을 밟고, 앞쪽 테이블을 차례로 돌았다.

요정이구나—나는 알아챘다. 마법을 걸고 다니는 것이다.

노래가 끝나는 동시에 소녀들이 포즈를 취하자 한층 성대한 박수소리가 일었다. 엄마도 이마자토 씨도 닛타 씨도 손뼉을 쳤지만, 나는 그냥 멍하니 바라보기만 할 뿐이었다.

넋이 나가버린 것이다. 맞은편 오른쪽의 요정 아이가 너무 예뻐서. 엄마가 쿡 찌를 때까지 내가 턱을 괴고 있다는 것조차 몰랐다. 보나마나 눈까지 풀려 있었겠지. 나는 얼굴이 달아올랐다.

"어머, 얘 좀 봐. 입이 귀에 걸렸네." 엄마가 웃었다. "누굴 보는 거니?"

"무슨 상관이야."

초등학교 5학년이나 6학년쯤 됐을까? 과자로 만든 인형처럼 보였다. 이름은 뭘까?

"오른쪽 요정 아이 말이니?" 이마자토 씨는 눈치가 빨랐다. "리에라고 해. 우리 시설에서 제일 미인이지."

과연. 사람 보는 눈은 다 비슷하구나.

합창이 끝나자 아이들도 테이블에 앉았다. 식사는 이미 했는지 케이크와 주스가 나왔다. 그러고 보니 어느새 아홉시가 넘었다. 저학년 아이들은 벌써 잘 시간이다.

예상대로 삼십 분쯤 지나자, 아이들은 어른들의 박수로 배웅을 받으며 모두 우디하우스 쪽으로 물러났다.

"내일은 등산 일정이 있어요." 이마자토 씨가 말했다. "그런데 방으로 가도 쉽게 잠들진 않을 거예요."

"당연하죠. 이렇게 즐거운데." 엄마가 웃었다.

"베개 싸움이라도 하려나. 마사오, 너도 같이 하지 그러니?"

말도 안 된다. 다만…… 리에랑이라면 또 모르지.

닛타 씨 혼자 여전히 안절부절못하며 손목시계를 보았다.

"마에카와 선생님 일행이 늦네요. 벌써 도착했어야 하는데."

"그러고 보니 그렇네요." 아무래도 걱정되기 시작하는지 엄마도 동조했다. "도쿄에서 출발한 건 확실한가요?"

"네, 남아 있는 직원에게 확인했거든요."

"그럼, 오시겠죠……"

바비큐 열기로 닛타 씨의 안경이 뿌옇게 흐려졌다. 그런 상태로 우울한 표정을 지어봐야 우스꽝스러울 뿐이었다.

"뿌예졌어요." 내가 지적했다.

"어?"

"안경요."

"아, 그런가." 게으르게도 안경을 벗지도 않은 채 행주로 렌즈를 북북 문질렀다. "이제 됐니?"

그러고 보니 이 사람이 안경을 벗은 모습은 본 적이 없었다. 툭하면 벗어서 닦는 시마자키와는 딴판이다. 엄청나게 심한 근시일 테지. 어쨌든 렌즈가 저렇게 두꺼우니. 그런 사람이 안경을 벗으면 몹시 없어 보이는 경우가 있다. 그게 싫어서 남들 앞에서는 절대로 벗지 않는 건지도 모른다.

뱃속이 든든해지자 하품이 나왔다. 아무리 기다려도 마에카와 선생님이 도착할 기미는 없었다. 닛타 씨는 몇 번이나 자리에서 일어나 전화를 걸러 갔다. 그때마다 고개를 저으며 돌아오곤 했다.

살짝 안쓰러울 정도였다.

"혹시 사고라도 난 건 아닐지……"

열시가 지나자 엄마도 슬슬 걱정스러운 표정을 띠었다. 그런데 닛타 씨가 그 말에는 고개를 저었다.

"그렇다면 남아 있는 직원들한테 연락이 갔을 거예요. 하지만 아무 일도 없고, 전화 한 통 없다고 하네요."

"저어, 혹시 지도가 잘못된 거 아니에요?" 내가 말해보았다.

"그게 무슨 말이야?"

"그러니까, 마에카와 선생님 일행이 가지고 있는 지도랑 닛타 씨가 갖고 있는 지도가 다른 거예요. 어딘가에서 착오가 생겨서 지도가 바뀐 거죠. 그래서 우리는 여기로 왔지만, 선생님은 맞는 장소로 간 거 아닐까요? 우디하우스라는 이름의 별장이나 펜션은 흔하니까."

"그럴 수도 있겠네." 엄마 말에 닛타 씨는 더더욱 면목없어하는 표정을 지으며 어깨를 움츠렸다.

"마음 쓰지 말아요. 닛타 씨 탓이 아니에요." 엄마가 허둥지둥 덧붙였지만 이미 늦었다. 그후로 약 한 시간 동안 닛타 씨는 전화기 옆을 떠나려 하지 않았다.

나도 한번 상황을 살피러 가봤다. 전화기는 별장 거실에 있었다. 딱 한 대뿐이고, 옆에는 관리회사를 비롯한 여러 연락처와 가게, 응급병원 등의 번호를 써둔 목록이 붙어 있었다. 딱 임대 별장 같은 분위기였다.

열한시가 지나서야 드디어 도쿄에 남아 있던 직원한테서 전화가 왔다. 벨이 울리자마자 닛타 씨가 달려들듯이 수화기를 집어들었다.

"여보세요? 아, 사토 씨? 선생님한테 연락 왔어요?" 하는 걸 보니 어디서 온 전화인지 알 수 있었다.

조급하게 대화를 이어가는 중에 닛타 씨의 표정이 점점 더 어두워졌다.

"그럼, 역시 내가 착각한 건가? 네? 그쪽 방향이라고요? 우드하우스? 별장 이름이 우드하우스라고? 하지만 지도는 사토 씨가 복사해줬잖아요. 네? 아니, 지금 사과해봤자—음—음—그래요, 할 수 없죠."

나는 엄마를 부르러 갔다. 엄마는 여전히 테이블에 앉아 와인 같은 걸 마시면서 밤하늘을 올려다보고, 다른 별장 손님들과 편하게 수다를 떨고 있었다.

엄마와 둘이 다시 가보니 닛타 씨는 통화를 끝낸 뒤였다. 머리를 감싸쥐고 있었다.

"죄송합니다. 저희 실수였어요."

"어떻게 된 거예요?"

"사무실 직원이 관리회사에서 보내준 팸플릿을 복사할 때 실수한 것 같습니다. 마에카와 선생님이 빌린 별장은 '우드하우스'라는 곳이에요. 같은 스와 지역이지만 산 반대편에 있다고 하네요. 호수에 좀더 가깝고, 여기서 가면 한 시간 넘게 걸립니다."

"선생님 일행은 무사히 도착하셨대요?"

"네, 삼십 분쯤 전에요. 그래서 그쪽에서도 한바탕 소동이 벌어졌나봅니다. 우리가 없어서."

그야 그럴 테지. 그때 우리가 머리를 맞대고 있는 상황을 알아챘는지 이마자토 씨가 다가왔다. "어떻게 된 건지 알아냈어요?"

자초지종을 설명하자 이마자토 씨가 기뻐했다. "다행이네요. 다들 큰일은 없으신 거니."

"네, 그건 그렇지만……" 닛타 씨 혼자 고개를 푹 떨어뜨렸다.

"그래서, 어떻게 하시려고요? 지금이라도 그쪽으로 가실 생각이세요?"

"어딘지 알아냈으니까 그렇게 하는 게……"

말끝을 흐리는 닛타 씨에게 이마자토 씨가 상냥하게 말했다.

"꼭 지금 무리해서 갈 필요는 없잖아요?"

엄마가 두 사람의 얼굴을 번갈아 보았다. 이마자토 씨와 눈이 마주치자 서로 빙긋 웃었다.

"낯선 지역에서 산길을, 게다가 밤에 운전하는 건 위험해요. 부담 갖지 말고 오늘밤은 그냥 여기서 주무세요. 그쪽 분들에게는 연락해두고, 내일 낮에 드라이브 삼아 가면 되죠. 괜찮아요, 이런 것도 나중에는 다 재밌는 얘깃거리예요."

"그래요. 저도 가능하면 그러고 싶어요." 엄마도 웃는 얼굴로 말했다. "그렇게 시무룩할 거 없어요. 덕분에 이마자토 씨랑 빛의 집 아이들도 알게 됐고, 오히려 더 즐거웠는걸요. 그렇지, 마사오?"

갑자기 대화에 끌어들여서 놀랐지만, 엄마 의견에는 찬성이라

고개를 끄덕였다.

“그럴까요, 그럼.” 닛타 씨는 그제야 어깨의 짐을 조금 내려놓은 듯 머리를 긁적였다. “솔직히 말하면, 저도 밤길 운전은 자신 없거든요.”

“그래요. 그럼, 결정됐네.” 이마자토 씨가 일어섰다. “2층 안쪽에 빈방이 하나 있어요. 그 방을 오가타 씨가 쓰세요. 닛타 씨는 우리 선생님 한 분과 같이 쓰셔도 될까요?”

닛타 씨가 목을 움츠렸다. “아뇨, 저는 대충 소파에서 자도 상관없습니다.”

“그렇게 어려워하지 말라니까.” 이마자토 씨가 웃으면서 계단을 올라갔다.

닛타 씨도 그제야 웃는 얼굴을 보였다. “그럼 저는 마에카와 선생님 쪽에 연락해두겠습니다.”

엄마가 몸을 내밀며 말했다. “저도 잠깐 통화할게요. 인사라도 드려야지.”

“아니, 아니, 괜찮습니다.” 닛타 씨가 허둥거렸다. “전부 제 탓인걸요. 이 상황에서 오가타 씨까지 사과하시면, 죄송해서 제명에 못 죽을 겁니다.”

너무 허둥대며 미안해하는 통에 엄마와 나는 동시에 웃음을 터뜨리고 말았다.

“그럼 전 빠질게요. 너무 마음 쓰진 말아요.”

통화하는 닛타 씨의 목소리를 등뒤로 들으며 계단을 내려가던 나는 생각했다. 마에카와 선생님은 의외로 직원들에게 엄한 사람일지 모르겠는걸—

곧 자정이 될 무렵이었다.

7

나는 씻고 나와 침대로 파고들었지만 엄마는 다시 아래층으로 내려갔다. 이마자토 씨가 "괜찮으시면 차 한잔 하시죠"라고 불렀기 때문이다. 서로 죽이 잘 맞는 듯하니, 엄마는 한동안 들어오지 않을지도 모른다.

분명 피곤할 텐데도 좀처럼 잠이 오지 않았다. 잠자리가 바뀌면 아무래도…… 뭐, 그럴 정도로 예민하지는 않고, 방과 침대도 훌륭했다. 그런데도 잠이 오지 않는 것이 아무래도 이상했다. 혹시 리에 때문일까.

이리저리 뒤척이다 눈을 질끈 감았다가, 얼마 후 다시 자세를 바꾸며 한숨을 내쉬었다. 그렇게 뒤척이는데 불현듯 나지막한 발소리가 들렸다. 내 방 앞의 복도를 누군가가 재빨리 지나가는 듯했다.

잠깐 뜸을 두었다 또 한번 들렸다. 어른의 발소리는 아니었다. 아이였다.

이 층에는 방이 세 개 더 있고, 빛의 집 아이들이 다섯 명씩 나눠서 사용한다고 이마자토 씨가 말했다. 그애들이 아직 잠자리에 들지 않고 수다라도 떨고 있을지 몰랐다.

나는 침대에서 미끄러져나와 조용히 문을 열고 고개를 내밀었다. 달빛이 새어드는 복도에는 아무도 없었다. 아무 소리도 들리지 않았다. 한동안 기다려봤지만, 밤이 깊으면서 불기 시작한 바람 때문에 창 옆의 커다란 녹나무 가지가 이따금 유리를 스치는 가벼운 소리만 들려올 뿐이었다.

에이, 뭐야. 살짝 실망스러운 기분으로 머리를 다시 집어넣으려는데, 등뒤에서 누군가가 어깨를 쳤다. 큰 소리를 내지 않은 건 놀라지 않아서가 아니라 너무 놀라 혀가 얼어붙어버렸기 때문이다.

돌아보니 커다란 눈동자가 나를 똑바로 바라보고 있었다. 달빛 아래, 비누로 만든 것 같은 하얀 뺨. 그리고 실제로 비누향이 풍기는 머리카락.

놀랍게도 리에였다.

그애 손은 무척 부드럽고, 무척 차가웠다. 그 손이 내 몸에 닿은 것이다. 분홍색 깅엄체크 잠옷을 입었고, 맨발이었다. 그리고 나를 건드리지 않은 쪽 손에는 도무지 이해하기 힘든 물건을 들고 있었다.

나무젓가락이다. 그것도 이미 갈라놓은 한쪽만.

"저기, 선생님한테는 말하지 마." 그애가 속삭였다. 아마도 발소리를 들은 내가 아이들 중 누군가가 깨어 있다는 걸 알고 이마자토 선생님에게 말하러 가는 줄 안 모양이다.

"응? 이르지 마. 부탁이야" 하며 손을 모으는 시늉까지 했다.

"걱정 마, 안 그럴게." 내가 그렇게 대답한 것은 당연한 일.

"다행이다." 그애가 웃었다. 미소 짓자 약간 고르지 않은 이가 드러났지만 그 정도는 애교였다. 오히려 더 귀여울 정도다.

"그거 어디다 쓰려고?"

나무젓가락을 가리키며 묻자 그애가 바짝 다가와서 속삭였다.

"분신사마 할 거야!"

"분……신사마?" 나는 너무 떨려서 혀도 제대로 돌아가지 않았다. 기껏해야 초등학생 아니냐고 하진 말기를. 그 정도로 예뻤으니까.

"그래. 해본 적 있어?"

"……없어."

"그럼 같이 하자! 응?"

리에가 내 손을 끌고 옆방으로 데려가려 했다.

"다른 애들도 다 있어?"

"응. 조금 전까지 무서운 얘기 했어. 그랬더니 아야코가 분신사마를 할 줄 안다고 해서 같이 해보기로 한 거야. 그래서 내가 나무젓가락을 가지러 나온 거고."

옆방은 우리 방보다 훨씬 더 컸지만, 간이침대를 다섯 개나 들여놓아서 아무래도 빈 공간이 적었다. 리에 또래의 여자아이 세 명, 아직 초등학교 3학년쯤 되어 보이는 남자아이 한 명이 침대 두 개를 붙인 위에 모여 앉아 있었다. 천장의 불은 끄고 탁자 위의 작은 스탠드만 켜두었다.

젓가락을 든 리에도 한껏 신나서 침대로 올라갔다. 나는 가장자리에 걸터앉아 아이들이 뭘 에워싸고 있는지 보았다. 스케치북 한 장을 찢어 히라가나 글자와 별 모양 도형을 연필로 그려놓았다.

"데리고 와버렸어. 옆방 오빠야." 리에가 선선히 나를 소개했다. 중앙에 있던 짧은 머리 여자아이가—아마도 그애가 아야코인 듯했다—엄숙하기 그지없는 표정으로 입술에 힘을 꽉 주며 물었다.

"분신사마를 믿습니까?"

초등학교 6학년 이동교실 밤에 여자애들 몇 명이서 하는 광경을 본 적 있다. 여자애들은 여럿이 모이면 한 번쯤은 귀신 이야기와 분신사마에 빠져버리는 모양이다.

"네, 믿습니다"라고 대답하지 않으면 그 자리에 끼워주지 않는다. 그래서 나는 믿는다고 했다.

"그럼 시작합니다. 모두 손을 잡아요."

내가 아는 방법에서는 그럴 필요까지는 없었지만, 옆에 있던 리에가 내 손을 꽉 잡는 바람에 이의를 제기하진 않았다. 업그레이드된 버전인가보지.

"아야코, 빨리 해!" 성격 급한 여자아이가 재촉했다. 영매 역을 맡은 아야코가 느긋하게 말했다.

"별 모양 쪽으로 숨을 내쉬면 안 돼. 분신사마가 앉으실 자리니까, 실례야."

나무젓가락은 히라가나 글자 바로 앞에 뭔가를 지점으로 삼아 비스듬히 놓여 있었다. 자세히 보니 지점으로 사용한 것은 사탕 포장지였다.

아야코가 중얼중얼 주문 같은 말을 읊조리더니 "분신사마, 분신사마, 우리에게 와주세요" 하고 빌었다. 진지하기 이를 데 없다. 그러고 나서 오른손을 살며시 들어올린 후, 희미하게 떨리는 집게 손가락을 나무젓가락 끝에 얹었다.

"분신사마, 이 방에 계신가요?"

나무젓가락이 흔들렸다.

"이 방에 계신가요?"

아야코가 다시 한번 속삭이자, 나무젓가락 끝이 천천히 움직이며 칸 위로 이동하더니, 처음에는 '하は'를, 이어서 '이い'를 가리켰다.*

모두가 일제히 숨을 삼켰다.

"오셨어." 아야코가 속삭였다. "다들 뒤돌아보지 마."

아야코는 연기에 소질이 있네—그런 생각이 들어서 나는 조금 우스웠다. 어른들은 늘 일반화해서 '어른이 되면 어린아이의 순수

* 일본어로 '네'라는 뜻이다.

한 마음을 잃어버린다'느니 어쩌느니 하는데, 아이에게도 여러 단계가 있다. 중학교 1학년인 나는 초등학생이 분신사마를 믿고 경외하고 숭배하는 마음 따위는 초등학교 책가방과 함께 까맣게 잊은 지 오래다.

"분신사마, 분신사마, 우리 질문에 대답해주시겠어요?"

또다시 나무젓가락이 흔들리며 '하이'를 가리켰다.

"아까 가위바위보로 정했지? 리에가 먼저야."

아야코가 목소리를 낮추고 명령하자, 리에가 내 손을 꼭 움켜쥔 채 무릎걸음으로 앞으로 나갔다. 나무젓가락 끝에 손가락을 얹었다.

"분신사마." 떨리는 목소리로 리에가 불렀다. "우리 엄마가 곧 저를 만나러 올까요?"

이 질문은 빛의 집 아이들의 상황을 새삼 일깨워주었다. 갑자기 가슴이 찌르듯 아파왔다.

나무젓가락은 바로 움직이지 않았다. 리에는 머뭇거리며 같은 질문을 반복했다.

분신사마의 나무젓가락을 움직이는 것은 묻는 사람의 마음의 힘이다. 무의식적인 소망이 손끝으로 전해져서 원하는 대답을 가리킨다. 우리 반 여자애들은 "다나카가 나를 좋아하나요?" 같은 질문을 던지고, 자기들 좋을 대로 대답을 내놓곤 했다.

그런데 리에의 젓가락은 좀처럼 움직이지 않았다. 그것은 그애를 둘러싼 환경이 얼마나 복잡한지 단적으로 보여주었다. 아마 그

아이 엄마는 만나러 오기 힘들 것이다. 올 수 없는 이유가 있겠지. 리에도 알면서 엄마가 너무 보고 싶어 그런 질문을 던진 것이다.

이윽고 젓가락은 천천히 움직이며 '하' '이'를 가리켰다. 리에의 뺨이 배시시 부풀었다.

다음 아이도, 그다음 아이도 모두 비슷한 질문을 했다. 언제 집에 갈 수 있나요? 엄마 아픈 건 나아졌나요? 아빠는 지금 어디에 있나요……

빛의 집은 이런 종류의 시설 중에서 최상의 환경일 텐데, 그런데도 다들 자기 집을 그리워했다.

"저기, 오빠는 안 해?"

리에가 쿡 찔러서 깜짝 놀랐다. 아야코도 나를 바라보고 있었다.

"아무것도 안 물어보면 안 돼. 다 같이 질문하고, 다 같이 감사 인사를 해야 하니까. 안 그러면 실례야."

'안 되는' 게 많기도 하다. 하는 수 없다. 나는 잠깐 생각했다. 그리고—

내 마음이 사실은 어떻게 생각하고 있는지 확인해보기로 했다. 젓가락 끝에 손가락을 얹고 숨을 한 번 들이쉰 후, 조용히 물었다.

"우리 아빠는 오가타 유키오 씨인가요?"

리에가 고개를 살짝 갸웃거렸다. 뭐라고 한마디하고 싶은 눈치였다. 나는 입술로만 씩 웃어 보였다.

"웃으면 안 돼! 경박하긴." 아야코에게 야단맞고 말았다.

젓가락은 움직이지 않았다. 나의 무의식도 아직은 답을 모르는 거겠지. 어느 쪽을 원하는지도 당장은 판단할 수 없고.

오가타 유키오인지, 사와무라 나오아키인지.

그런데 바로 그 순간, 나는 전혀 그럴 생각이 없었는데도, 젓가락이 미끄러지듯 움직였다. 그리고 답을 만들어갔다.

'이い' '이い' '에え'.

이이에.*

내 안에서 뭔가가 철컥하고 교체된 기분이 들었다. 피의 흐름이 방향을 튼, 심장이 자리를 바꿔버린 기분. 뺨이 달아오르는 걸 느끼고, 무심코 이런 말이 나왔다.

"그럼, 우리 아빠는 대체 누구야?"

순간 아야코가 나를 들이받을 듯한 기세로 밀쳐냈다.

"한 번에 두 가지 질문은 안 돼! 사과해! 얼른 사과해!"

모두 큰 소란을 피우며 뒷수습에 나섰다. 아야코가 분신사마에게 정중하게 사과하고, 나에게도 사과하게 만든 후, "분신사마, 고맙습니다. 이제 조심히 돌아가세요"라고 말했을 때, 복도에서 새로운 발소리가 들렸다. 이번에는 어른의 발소리였다.

아이들은 부리나케 침대로 파고들었다. 갈 데가 없는 나는 침대 밑으로 숨었다. 간발의 차이로 방문이 열렸고, 이마자토 씨의 목소

---

* 일본어로 '아니요'라는 뜻이다.

리가 들렸다.

"다들 아직 안 자니? 방금 얘기했던 사람 누구야?"

대답이 없었다. 일부러 잠든 듯한 숨소리만 낼 뿐.

잠시 후 조용히 문이 닫혔다. 내가 침대 밑에서 기어나오자 아야코의 목소리가 들렸다.

"바보같이, 오빠는 저주받을 거야."

나는 일어서서 구겨진 잠옷을 폈다. "그럴지도 모르지. 만약 저주를 받으면 어떻게 하면 돼?"

"정식으로 사죄하고, 제물을 바쳐야 해."

"고마워."

그렇지만 저주에는 이미 걸려 있는지도 모른다.

갑자기 갈증이 나서 물을 마시고 싶어졌다. 계단을 내려가는데 엄마와 마주쳤다.

"어머, 아직 안 잤니? 벌써 한시 반이 넘었는데."

"목이 말라서. 화장실도 가고 싶고."

"계단 내려가서 바로 오른쪽이야."

1층은 군데군데 조그만 취침등이 켜져 있을 뿐 인기척은 없었다. 볼일을 보고 물을 마시고도 바로 잠자리에 들 기분이 아니라 거실 창가 쪽으로 다가갔다. 커튼 사이로 밖을 내다봤다.

초롱불도 꺼지고, 별장지대는 깊은 잠 속에 가라앉아 있었다. 정면에 보이는 문에도 조명만 희미하게 매달려 있을 뿐이다. 어둡고 깊은 숲은 밤과 뒤섞여 끝없이 펼쳐져 있는 것 같았다.

한동안 그러고 있으니 추워졌다. 재채기가 나왔다. 위층으로 올라가려다 문득 떠올랐다.

그러고 보니 여기에는 전화기가 있다. 거실 구석의 탁자 위에.

갑자기 아빠 목소리가 너무 듣고 싶어졌다. 아빠에게 사과하고 싶었다. 그렇지만 불평도 하고 싶었다. 왜 이렇게 돼버린 건데!

전화기로 다가가 기세 좋게 수화기를 들고는 우리집 전화번호를 눌렀다. 신호가 가기 시작했다. "여보세요?"라는 한마디만이라도 좋다. 들으면 바로 끊어버리자. 어쨌든 아빠 목소리를 듣고 싶은 마음이 간절했다.

좀처럼 받지 않았다. 신호가 계속 갔다. 다섯 번, 일곱 번, 열 번—

드디어 찰칵하며 수화기가 들렸다.

그런데 귀에 들린 건 전혀 다른 사람의 목소리였다. 아빠가 아니었다. 나지막한 남자 목소리가 이렇게 말했다.

"네, 오가타입니다."

반사적으로 수화기를 내려놓고 말았다. 누구지? 누가 받은 거지?

지금 이 순간까지 잊고 있었던 터무니없는 생각이, 있는 힘껏 던진 부메랑처럼 난데없이 날아들어 나를 직격했다. 아빠? 방금 그 사람은 누구야? 아빠가 정말로 갈라테아 씨를 어떻게 한 걸까?

그래서 형사가 우리집에 잠입한 건가? 방금 그 목소리는 형사였나? 왜 아빠가 안 받지?

가슴이 답답해져서 이번에는 창문을 열러 갔다. 밖에서 밀려든 차가운 밤공기에 뼛속부터 부르르 떨렸다.

다시 한번 걸어볼까? 하지만…… 이번에도 다른 사람이 받으면?

역시 도쿄에서 무슨 일이 벌어진 것이다. 우리가 어디 있는지 모르니 경찰도 곤란해하고 있다. 내일이 되면 바로 연락이 올 테고, 떠오른 아침해가 그대로 박살나 머리 위로 떨어질 것이다—

그때 또 한번 가슴이 철렁 내려앉았다. 조금 전에 방향을 바꿨던 혈액의 흐름이 다시 제자리로 돌아온 것처럼.

뭔가를 본 것이다. 아무 생각 없이 바라보고 있던 정원의 커다란 녹나무 아래, 누군가가 우뚝 서 있는 모습을.

아니, 누군가가 아니다. 그 사람이 누군지 나는 순식간에 알아챘다.

사와무라 씨다.

그 껑충한 그림자. 한 손을 주머니에 넣고, 약간 앞으로 구부린 등. 잡지에서 봤던 모습과 조금도 다르지 않다.

나는 눈을 힘껏 깜박이고, 곧바로 쏜살같이 베란다로 뛰어나갔다. 앞으로 고꾸라질 뻔해서 난간에 무릎을 세게 부딪혔다. 너무 아파서 비명조차 나오지 않았다.

녹나무 아래에는 이제 아무도 없었다. 잠든 밤을 어지럽히는 것은 오직 나의 거친 숨소리뿐……

방으로 돌아온 뒤에도 결국 한숨도 자지 못했다. 자면서 꾸는 꿈도, 깨어서 마주할 환각도 모두 불길한 색을 띠고 있다면, 자는 것에 아무런 의미도 없을 테니까.

8

날이 밝자마자 나는 바로 침대에서 나왔다. 엄마는 깊이 잠든 듯했다. 옷을 갈아입고 계단을 내려가자 또 재채기가 나왔다. 산속이라 여름인데도 기온이 낮은 것이다. 물속에 잠겨 있는 것 같았다.

몸은 나른했지만 가만있을 수가 없었다. 그렇다고 다시 전화를 걸 용기는 나지 않았다. 도저히 불가능했다. 전화기 옆에 있는 것만으로도 숨이 막혀올 정도였다.

그래서 밖으로 나가보기로 했다.

운동화를 꿰신고 계단을 재빨리 뛰어내려갔다. 일찍 일어난 사람이 있는지 창문이 열린 별장도 보였다. 아침햇살 속에서 본 초롱불은 수확 시기를 놓친 과실처럼 시들해 보였다.

천천히 별장지대를 벗어났다. 발밑에는 어젯밤 파티의 흔적인 종이컵과 와인 코르크가 나뒹굴었다. 그런데도 흥이 깨진 느낌이

별로 들지 않는 것은 이곳이 바캉스 장소이기 때문이리라.

가는 길에 대형 왜건 한 대가 천천히 나를 앞질러갔다. 남자 두 명이 타고 있었고, 그중 한 명이 "안녕" 하고 인사를 건넸다. 나도 인사를 했다.

둘 다 낚시조끼 같은 것을 입고 있었다. 스와호수로 낚시라도 가는 걸까.

낯선 사람과 나눈 인사가 기분을 조금은 풀어주었다.

좀더 내려가니, 어느새 어젯밤 통과했던 차단기가 나왔다. 손으로 건드려봤지만 움직이지 않았다. 차단기 끄트머리에 램프가 달린 박스가 있고, 열쇠 구멍도 보였다. 아마도 방금 자동차로 통과한 사람들은 따로 열쇠를 갖고 있었나보다. 나는 좀더 간단한 방법을 택해 차단기를 훌쩍 뛰어넘었다.

머리 위 높은 곳에서 온갖 새들이 지저귀고 있었다. 나는 하늘을 올려다보고 팔을 휘저으며 애써 머리를 비운 채로 터벅터벅 내려갔다.

완만한 커브를 한 번 돌자 엔진음이 들려왔다. 언덕길 중간에 자동차 한 대가 멈춰 서 있었다. 은회색 스포츠카였는데, 운전석에는 아무도 없는 것 같았다.

차는 머리를 언덕 위쪽으로 향한 채 서 있었다. 뒤쪽을 돌아 운전석으로 가니 문이 반쯤 열려 있었다. 열쇠도 그대로 꽂혀 있다.

조심성 없네…… 그런 생각을 하며 목을 길게 빼자, 조수석에 놓인 종이상자 하나가 보였다. 나는 평소에 딱히 호기심이 많은 편은 아니지만 그것에는 적잖이 관심이 갔다. 상자의 내용물이 뭔지 짐작되었기 때문이다.

살며시 뚜껑을 열어보니, 굵직한 립스틱 정도 크기의 물건이 가지런히 들어 있었다. 틀림없다. 역시 그랬다.

그것은 산탄총의 장탄이었다. 하얀 종이상자 가득 들어찬 작은 납탄. 아빠의 상사인 미야케 소장님에게 얘기를 많이 들어서 바로 알 수 있었다.

총은 트렁크 안에 있겠지. 이 근처에 사냥터가 있나? 사냥 시즌은 훨씬 추울 때인데. 아니면 사격장이 있는지도 모른다. 그러고 보니 조금 전에 앞질러간 왜건의 두 사람도 그러려고 아침 일찍 나왔는지도 모른다. 가슴 언저리에 장탄 끼우는 주머니가 달린 조끼는 낚시꾼의 그것과 아주 흡사하다.

주위를 둘러봐도 차의 운전자가 돌아올 기미는 없었다. 망설이긴 했지만, 결국 호기심에 무릎을 꿇은 나는 장탄 하나를 살며시 집어들어보았다.

내가 듣기로는 요즘에는 장탄 케이스를 거의 플라스틱으로 만든다고 했다. 그런데 이것은 종이 재질이다. 그렇다면 '수제품'이라는 건가. 마니악한 사람은 화약의 양이나 산탄 개수를 직접 조절해서, 자기 취향에 맞는 탄환을 만든다고 들었다.

이런 걸 차에다 두고 자리를 비우다니, 너무 부주의하다 싶었다.

선량한 소년인 나는 괜찮지만 나쁜 사람이 보면 진짜 위험한데.

아니면, 무슨 일이 생긴 걸까?

그때 차단기 쪽에서 철컥거리는 소리가 들렸다. 누가 차단기를 열고 있는 것이다. 나는 서둘러 탄환을 제자리에 돌려놓으려 했다.

그런데 너무 서두른 것이 화근이었다. 발을 헛디디는 바람에 뒤로 비틀거리고 말았다. 그곳은 길의 끝이었고, 등뒤로는 완만한 절벽이 5, 6미터 정도 이어져 있었다. 어, 어, 어, 나는 간신히 비명을 삼키며 엉덩방아를 찧고 뒤로 나뒹굴었다. 손에는 장탄을 그대로 쥔 채.

장탄을 떨어뜨리면 위험해!라는 생각에 탄환을 놓치지 않는 것에 온 신경을 집중했다. 다행히 굴러떨어진 곳에는 풀이 무성했고, 머리를 부딪혀 다칠 만한 바위나 큰 나무도 없었다. 잡목림이라기보다 덤불의 우두머리 같은 다보록한 떨기나무에 머리를 처박으며 나는 멈췄다.

곧이어 머리 위 도로를 달려가는 자동차 소리가 들려왔다. 또 누군가가 나간 것이다. 그 소리가 충분히 멀어진 후 나는 천천히 일어섰다. 덤불에서 얼굴을 내밀고 다리를 빼내며 일어서—려는 순간, 이번에는 발소리가 났다. 잰걸음으로 성큼성큼 다가온다. 나는 황급히 머리를 숙이며 다시 덤불로 들어가려다가 이번에는 양손이 비어버렸다. 쥐고 있던 장탄을 놓쳐버린 것이다!

그 한순간은 마치 슬로모션 같았다. 나는 그 장면 하나하나를 빠짐없이 지켜보았다. 내 손을 벗어난 장탄이 완만한 포물선을 그리며 떨어져내렸다. 지면으로—잡초 위—무성한 잡초 위로—그런데 하필이면 약간 튀어나온 바위 모서리를 향해서—

머리가 정지해버린 것 같았다. 장탄에는 화약이 들어 있다. 뇌관을 강하게 자극하면 바로 폭발한다고 배웠다. 바위 위에 떨어지기라도 하면—

쾅!

나는 거의 이성을 잃고 납작 엎드렸다.

얼마쯤 지나자 위쪽 도로에서 차문 닫히는 소리가 들렸다. 이어서 시동 거는 소리.

폭발하지 않은 것이다.

올려다보니 아까 본 스포츠카가 후진해서 방향을 돌리는 참이었다. 나는 완만한 절벽 아래 있기에 차 윗부분밖에 볼 수 없었다. 운전석에 어떤 사람이 타고 있는지도 알 수 없었다.

차는 뒤로 쭉 빠지며 방향을 바꿨고, 곧이어 시야에서 사라져버렸다. 잠시 후 기분좋은 엔진음이 한 번 들리더니, 완전히 떠나버린 듯했다.

나는 조심스럽게 몸을 일으켰다. 이번에는 장탄을 놓치지 않았다. 조금 전에 폭발하지 않았던 것은 천운이라고밖에 할 수 없었다.

그런데 이걸 어쩌지?

이렇게 위험한 물건을 들고 다닐 수는 없다. 버려서도 안 된다.

아무것도 모르는 누군가가 발견해서 "이게 뭐지?" 하며 던지기라도 하면 큰일이다. 납 산탄이 사방으로 튀어 상상도 못할 만큼 크게 다칠 것이다.

쓸데없는 호기심을 못 참아서 이런 일을 벌이다니. 나는 일단은 도로로 올라가면서 주위를 둘러보았다. 물웅덩이나 연못이라도 있으면 던져버리면 될 텐데—

조금 아래쪽에 나무 한 그루가 절벽 가장자리를 따라 비틀린 모양으로 서 있었다. 별로 크지는 않지만 곳곳에 옹이가 나 있고, 구멍도 뚫려 있었다.

이 구멍에 넣어두면 곧 화약에 습기가 차겠지. 다른 사람에게 발견될 걱정도 없다. 먼저 조심스럽게 구멍 속을 손으로 더듬은 후, 살며시 장탄을 내려놓았다.

아, 지친다, 지쳐.

몸에 묻은 흙과 풀잎을 털어내며 우디하우스로 돌아갔다. 계단을 올라가 문을 열자 커피 향이 풍겼다. 이마자토 씨가 벌써 일어난 것이다.

"어머, 일찍 일어났네" 하며 웃는 얼굴을 보였다. "안 피곤하니? 아하, 배고파서 깬 건가?"

나는 세수를 하고, 이마자토 씨가 타준 밀크커피를 마셨다.

"이 주변에 사격하는 곳이 있어요?"

"응, 어떻게 알았니?" 이마자토 씨가 놀란 표정을 지었다. "호수 근처에 뭐라더라—클레이사격인가 뭔가를 하는 곳이 있대."

"역시."

나는 왠건과 엇갈린 이야기를 했다. 다른 한 대, 스포츠카 얘기는 하지 않았다. 왠지 뒤가 켕겼기 때문이다.

"아, 아마 여기서 네번째 앞에 있는 별장 사람들일 거야. 왜, 꼭대기에 수탉 모양 풍향계가 달린 별장 말이야. 거기 주인이 무슨 사장님인데, 사격이 취미라서 외국에도 나가고 하나봐. 여기 와서도 사흘이 멀다 하고 그것만 한다던데."

그런 얘기를 나누다보니 다른 선생님들도 하나둘 나와서 부엌과 거실이 시끌벅적해졌다.

엄마가 일어나서 내려온 것은 일곱시 반 무렵이었다.

"안녕히 주무셨어요? 어머, 마사오, 일찍 일어났네."

"벌써 산책도 하고 왔대요." 이마자토 씨가 커피를 따라주며 말했다. "어머니가 제일 꼴찌네."

엄마가 주위를 둘러보았다. "닛타 씨도 일어났나?"

"네, 조금 전에 봤어요. 무척 일찍 일어났던데요. 마사오보다 더 일찍인 것 같은데. 옷도 다 갈아입고, 안경도 썼더라고요. 혹시 한숨도 못 잔 거 아닐까요? 책임감 때문에."

"소심하기는." 엄마가 웃었다.

이마자토 씨가 닛타 씨와 같은 방을 쓴 젊은 남자 선생님에게 말을 걸었다. "그 사람, 잠은 잘 자는 것 같던가요?"

젊은 선생님이 머리를 긁적였다. "글쎄요, 저는 눕자마자 바로 곯아떨어져서……"

"아침부터 어디 갔을까?" 엄마가 둘러보았다.

"산책 갔겠죠. 마사오, 못 만났니?"

나는 전혀 못 봤다고 대답했다.

"금방 돌아오겠죠, 뭐."

그런데 그는 돌아오지 않았다. 여덟시가 되어도, 여덟시 반이 되어도.

물론 방에도 없었다. 그뿐 아니라, 건물 밖에 나갔다 들어온 이마자토 씨가 불안한 듯이 눈썹을 찌푸리며 이렇게 말했다.

"차도 없네요."

엄마와 나는 위층으로 올라가서 그가 묵었던 방에 들어갔다. 간이침대에 잠깐 누운 듯한 흔적은 있었다. 그런데—

"마사오, 가방이 없어."

그랬다. 어제 닛타 씨가 들고 있던 작은 보스턴백이 보이지 않았다.

"혹시 먼저 간 거 아닐까요? 우드하우스 쪽으로. 그 사람, 어제 굉장히 걱정했잖아요. 일단은 가서 얘기하려고."

이마자토 씨의 말에, 나는 오늘 아침 그 스포츠카가 사라지기 전에 또다른 자동차 한 대가 달려갔던 것을 떠올렸다. 그 차가 닛타 씨였을지도 모른다.

"그게 몇시쯤이었는데?"

"확실히는 모르겠지만, ……늦어봐야 여섯시 조금 지났을 때야."

"그럼, 그 차가 닛타 씨였으면 벌써 도착했겠네."

엄마가 우드하우스로 전화를 걸어보자고 했다. 그런데 바로 덧붙였다. "어머, 나 거기 전화번호도 모르네."

어제는 모든 연락을 닛타 씨에게 맡겨버렸던 것이다.

결국 관리회사 사람이 출근하는 아홉시까지 기다렸다가 그쪽으로 먼저 전화를 걸었다. 관리회사는 바로 우드하우스의 전화번호를 알려주었다. 변호사인 마에카와 선생님이 그곳을 빌렸다는 사실도 확인할 수 있었다.

활기차게 아침식사를 마친 아이들은 소풍 갈 준비를 했다. 즐거워 보이는 소란함을 등지고 엄마가 전화를 걸었다. 나도 옆에 붙어 있었다.

"여보세요? 마에카와 선생님이세요?"

전화가 연결돼서 안심이 되었다.

"아아—선생님 아드님이시군요. 이런, 실례했네요. 저는 오가타 사토코라고 합니다. 이번에는 신세를 지게 돼서—네?"

그쯤에서 엄마 표정이 확 바뀌었다. 입꼬리가 풀어지는가 싶더니, 눈살을 찌푸린 채 기분 나쁜 농담이라도 들은 듯이 웃음을 터뜨렸다.

"뭐라고요? 지금 무슨 말씀을 하시는 거죠?"

상대는 옆에 서 있는 나에게도 다 들릴 만큼 큰 목소리로 말하고 있었다. 엄마의 대답만으로는 전혀 상황을 알 수 없었다.

"마사오가 무사하냐고요? 네, 여기 있어요—저도 마사오도 다 잘 있는데—네?"

더는 참을 수 없어서 내가 수화기를 가로챘다. "여보세요? 제가 마사오인데요."

"네가 마사오니? 정말 무사한 거지? 아무 일도 없는 거지?"

상대는 아무리 봐도 이성을 잃었다고밖에 생각할 수 없는 목소리로 허둥거렸다.

"네, 아무 일도 없어요. 무슨 일 있어요?"

"무슨 일이 있냐니…… 대체 어떻게 된 일인지 알고 싶은 건 우리 쪽이야."

마에카와 선생님의 아드님이 비명처럼 말했다.

"도쿄에는 전화했니?"

"아니요, 그게—"

"그럼 당장 전화부터 해. 빨리! 우리도 경찰에 알릴 테니까."

"경찰?"

생각지도 못한 단어에 주위에 있던 모두가 귀를 쫑긋 세웠다. 나도 모르게 큰 소리를 낸 모양이다. 소풍 준비를 마치고 거실에 모여 있던 아이들까지 깜짝 놀란 얼굴로 우리를 쳐다보았다.

리에도 보였다. 기분 탓인지 몰라도 걱정스러운 표정이다. 나무라는 듯한 아야코의 시선도 느껴졌다.

거봐, 역시 분신사마의 저주를 받은 거야.

엄마의 손이 내 손을 움켜쥐며 수화기에 나란히 귀를 갖다댔다.

"내 말 잘 들어." 마에카와 선생님의 아드님이 떨리는 목소리를 억누르며 말을 이었다.

"여기서는 어제 저녁부터 너랑 엄마가 유괴된 상황이야. 너희 아빠한테 몸값을 요구하는 전화가 와서, 도쿄에선 밤새 난리도 아니었다고!"

만약 이때 나에게 그런 귀가 있었다면, 마지막 주사위가 구르는 소리를 똑똑히 들을 수 있었으리라. 그런데 실제로는 그저 머릿속이 윙윙거릴 뿐이었다.

게다가 주사위가 멈추고 그 숫자가 드러나는 것은 아직 한참 뒤의 일이다.

승부차기

1

'잘 돌아오셨습니다, 혼돈 속으로.'

도쿄는 그런 인사로 우리를 맞아주었다.

지역 경찰차를 타고 가던 우리는 도쿄에서 급히 달려온 암행 경찰차를 중간쯤에서 만나 옮겨 타고 돌아왔다. 도쿄에 들어서자 머리 위에서 헬리콥터소리가 들리기 시작했다. 우리는 또다시 어처구니없는 소동의 중심인물이 되고 만 것이다. 결코 원했던 바가 아니었건만.

다무라라고 하는 담당 경위님은, 굳이 시마자키의 비유를 인용하고 싶진 않지만, 그야말로 '뒤꿈치로 밟아놓은 발바리 얼굴'이었다. 언덕배기처럼 우람한 체격에 목소리도 무시무시하게 굵었다. 경찰에 이런 사람이 우글우글하다는 것을 안 이상, 저는 절대 비행청소년이 되지 않겠습니다.

"먼저 참고인 조사부터 하겠습니다." 다무라 경위님이 말했다. "원래는 바로 남편분을 만나게 해드려야 하지만, 아직 마취가 안 풀린 모양이라서요."

마취가 안 풀렸다—

우리 머릿속에는 작은 '접수처'가 있어서, 외부에서 들어오는 정보를 받아 수령 도장을 찍고 각각 담당부서로 나눠준다. 모든 작업은 타키온이 날아가는 속도로 처리되기에 평소에는 그 과정을 인식하지 않는다. 이렇게 어디로 보내야 할지 바로 알 수 없는, 익숙하지 않은 말과 맞닥뜨리지 않는 한.

내 머릿속 접수처는 "마취가 안 풀렸다? 어느 부서로 가야 하지?" 하면서 난리였다. 그래서 당장은 아무런 느낌도 없었다.

엄마는 어떤가 올려다보니 역시나 멍한 표정이었다. 머릿속 접수처 담당자가 '이 창구는 마감입니다'라는 팻말을 내걸고 도망가 버린 것처럼.

그러더니 얼굴에서 서서히 핏기가 가셨다. 세탁기가 배수할 때 깜박거리는 램프처럼 눈꺼풀만 움찔움찔 떨면서.

"남편이 다쳤나요?"

중얼거리듯 그렇게 물었다. 곧이어 덩치 큰 경위님의 가슴팍에 달려들듯이 매달리며 소리쳤다.

"다쳤어요? 왜요? 남편한테 대체 무슨 일이죠? 부상이 심해요? 죽어요?"

"자자, 부인, 진정하세요."

경위님이 솥뚜껑만한 양손을 들고, 천하장사가 자선경기 이벤트에서 꼬마 씨름꾼을 상대하듯이 엄마의 어깨를 눌렀다.

"생명에 지장은 없습니다. 절벽에서 좀 떨어졌을 뿐이에요."

"절벽에서 떨어져요?" 엄마가 눈을 휘둥그레 떴다. "절벽이라고요?"

"큰일은 아닙니다. 말이 절벽이지 고작해야 2층 높이 정도밖에 안 되는—"

"2층?"

"엄마!" 참지 못한 내가 중재에 나섰다. "제발 좀 진정해."

엄마는 나 따위는 잊은 지 오래였다. 또다시 경위님에게 덤벼들며 다그쳤다.

"2층 높이에서 떨어져서 죽는 사람도 있어요. 그런데 떨어졌을 뿐이라고요? 지금 고작이라고 했나요?"

"부인—"

경위님이 열창하는 도밍고처럼 양팔을 활짝 펼치며 천장을 올려다봤다. 아니, 으음, 도밍고 팬 여러분 죄송합니다. 그 사람은 훨씬 잘생겼지.

"정말 죄송합니다. 제가 실언했습니다. 남편분은 다리뼈가 부러져 입원하셨어요. 이번 사건의, 단 한 명의 고귀한 희생자라고 해야겠죠."

"희생자?"

엄마의 목소리가 뒤집혔다. 나는 손으로 얼굴을 가렸다.

"그럼, 남편이 죽은 거네요?"

아뇨, 아뇨, 부인, 방금 그 말도 저의 실언이고—경위님이 허둥지둥 정정하기도 전에 엄마는 정신을 잃고 말았다.

그런 까닭에 나는 혼자 우리 동네 경찰서의 한 방에서 다무라 경위님의 이야기를 들었다. 이 형사님은 엄청난 골초였고, 아마도 그래서 심장이 안 좋은지 숨결이 몹시 거칠었다. 몸을 움직일 때마다 의자가 삐걱거려서 사나운 소를 마주하고 있는 기분이었다. 나는 다시금 속으로 결심했다. 신이시여, 저는 절대 비뚤어지지 않겠습니다.

"일단은, 그래, 네 얘기부터 들어볼까? 어제부터 오늘까지 무슨 일이 있었는지 얘기해다오. 서두르지 말고 천천히."

내가 띄엄띄엄 얘기하자 경위님이 메모했다. 도중에 앞뒤가 뒤바뀌거나, 주어가 확실치 않거나, 시간대가 혼란스러워지거나 하면 경위님이 적절한 질문을 던져서 헝클어진 실타래를 풀어주었다. 얼굴은 무섭지만, 그 기술만 놓고 보면 고민상담소의 카운슬러 선생님 같았다.

내가 얘기를 마치자 경위님이 숨을 크게 몰아쉬었다. 산더미처럼 쌓인 재떨이의 담뱃재가 한꺼번에 피어올랐다. 바로 뒤에 있던 형사님이 정통으로 뒤집어쓰고는 격렬하게 기침을 했다.

"아, 미안." 경위님이 큼지막한 손을 휘휘 저었다. "흠, 그렇군. 잘 알았다."

"위험 같은 건 전혀 못 느꼈어요." 내가 말했다.

정말로 그랬다. 내가 신변의 위험을 느낀 것은 장탄을 발견했을 때뿐이었다. 그리고 나는 스포츠카에서 산탄총 탄환 하나를 빼내온 일에 대해서는 입을 꾹 다물었다. 그것은 분명 사격장으로 가는 사람의 차였을 것이다. 이번 사건과는 무관하다. 이 무서운 경위님에게는 산탄총 탄환을 슬쩍했다는 말은 도저히 할 수 없다. 아야코의 말버릇을 흉내내려는 건 아니지만, '절대 안 돼!'다.

"그래서 우리가 유괴된 걸로 알려지고, 몸값까지 요구당했다는 게 쉽게 믿기지 않았어요. 지금도 마찬가지고요. 정말이에요? 장난전화 아니었나요?"

경위님이 나를 힐끗 보았다. "장난은 아니야. 실제로 몸값을 뜯겼어."

"얼마나요?"

"정확히 오억 엔." 뒤쪽 형사님이 대답했다. 다무라 경위님은 납작한 코의 콧구멍을 벌름거리며 고개를 끄덕였다.

"너희 어머니가 유증받은 금액과 같아."

아빠한테 처음 전화가 걸려온 것은 어젯밤 일곱시 무렵이었다고 한다. 엄마와 내가 '우디하우스'에 도착한 바로 그 시간이었다.

"부인과 아이를 데리고 있다. 경찰에 알리지 말고, 지금 당장 돈을 준비해라. 현금으로 오억 엔이다. 돈이 없다고는 못하겠지—뭐, 이런 내용이었다더군."

남자 목소리였다고 한다.

"하지만 요즘에는 음성변조기를 쉽게 구할 수 있거든. 그후로 두 번 더 같은 인물한테 전화가 걸려왔는데, 녹음본을 성문 분석기로 분석해보니 아무래도 여자 같다는 결론이 나왔지."

"목소리를 바꿔도 그걸 알 수 있나요?"

"알고말고. 경찰은 머리가 좋아."

얼굴이 좋다고는 할 수 없을 것 같지만……

"그런데 말이지." 담배 연기를 내뿜으며 경위님이 말을 이었다. "너희 아버지는 곧바로 우리한테 신고했어. 시민으로서 아주 올바른 태도지. 그래서 오후 일곱시 사십팔분, 우리 특수범죄수사반이 두 개 조로 나뉘어서 현장으로 나갔다."

이웃 사람들이 알아차리지 못하도록 경위님과 부하직원 두 명은 함께 배관 청소업자로 변장했다고 한다. 이것은 나중에 다른 형사님이 알려주었다. 본인에게 직접 듣지 않길 다행이다. 그랬으면 웃음이 터져버렸을 테니까.

"다음 전화는 오후 여덟시 삼십분 정각에 걸려왔어. 두 사람을 인질로 잡고 있는 증거를 보여주겠다고 했다더군. 장소는 사이타마현 남부의 주택지 안이었지. 범인은 혼자 오라고 요구했지만 물론 우리가 몰래 미행했어. 밤 열시 이분, 아버지는 증거를 발견했고, 그것이 너와 어머니의 소지품임을 확인했다."

그 '증거'가 무엇인지 경위님이 말해주기도 전에 알 수 있었다.

"제 티셔츠랑 엄마의 폴로셔츠였죠?"

경위님이 고개를 크게 끄덕였다.

이제 더 설명할 필요도 없을 터. '닛타 씨'—우리를 데리러 오고, 목적지를 잘못 알아서 사무실로 몇 번이나 전화를 걸고, 밤길 운전에 자신이 없다며 우리를 하룻밤 '우디하우스'에 묶어둔 그 '닛타 씨'는 당연히 가짜였다. 마에카와 사무실의 진짜 닛타 씨는 마에카와 선생님과 행동을 같이하며 줄곧 우리 안전을 걱정하고 있었다.

다시 말해 그 '닛타 씨'는 유괴범 중 한 명이었던 것이다.

"좀 앞으로 돌아가서, 아버지가 범인의 전화를 받았을 무렵에 위클리맨션으로 너랑 어머니를 데리러 갔던 마에카와 선생님 쪽에서도 소란이 일어나기 시작했지. 그 선생님은 직업상 바로 감을 잡은 모양이야. 설마하니 유괴까지는 생각하지 않았지만, 그래도 무슨 일이 벌어졌다 싶었던 거지. 분명히 약속했는데 두 사람 다 사라져버렸으니 이상할 수밖에."

그래서 마에카와 선생님은 아빠에게 연락했다. 위클리맨션으로 달려온 경찰이 비밀리에 탐문한 결과, 근처 주민이 오후 세시쯤 엄마와 내가 젊은 남자가 운전하는 흰색 차를 타고 나가는 모습을 보았다고 말했다.

"그쯤에서 우리도 이건 장난이 아니라 진짜라고 판단한 거야."

생각해보면 이상한 점이 있었다. 어제 전화에서 마에카와 선생님은 나에게 "저녁쯤 출발하자"고 했다. 그런데 우리를 데리러 온 차는 세시에 도착했다. 해가 짧은 한겨울에도 오후 세시를 '저녁쯤'이라고 하진 않는데.

우리가 그 '닛타 씨'에게 감쪽같이 속은 것은 내가 전에 한 번 그를 만나는 바람에 철석같이 믿어버렸기 때문이다. 그래서 어제 "엄마는 몰라?"라고 물었을 때 엄마가 "몰라, 처음 보는데"라고 대답했을 때도 서로 이상하다고 여기지 않았다.

"그 범인들이 얼마나 용의주도한지 알 수 있는 부분이지." 다무라 경위님이 마뜩잖다는 듯이 말했다. "아마도 너와 어머니를 데리러 가는 역할을 맡은 그 남자는 사전에 네 신뢰를 얻기 위해 기회를 엿봤을 거다. 니시후나바시에서 마주친 건 우연이 아니야."

그리고 우리에게 말을 걸고, 차를 태워주고, 법률사무소 업무의 일부분을 슬쩍 언급해서 신뢰를 얻어낸다. 그 정도 지식은 꼭 법률사무소에서 일하지 않더라도 알 수 있고, 마에카와 선생님 사무실의 봉투도 마음먹으면 어렵지 않게 구할 수 있다.

그런데도 그것을 본 사람은 눈앞의 광경만으로 쉽게 믿어버린다. 매우 단순한 심리적 트릭이다.

"너만 속이면 나머지는 간단해. 엄마란 어지간한 일이 아니면 자기 자식에게 친절을 베푼 사람을 의심하진 않으니까."

유괴 당일에도 우리를 차에 태우고 본래 목적지와 다른 장소로 출발하기만 하면 더는 수고스러울 것이 없다. 사가미호수 근처 휴게소에서 커피를 쏟아 셔츠를 갈아입게 만든 것도 계산된 행동이었다. 엄마에게 종이컵을 건네줄 때 일부러 타이밍을 놓치면 그만이다.

"갈아입은 셔츠를 트렁크에 넣겠다고 했지만 실제로는 그 근처에 있던 공범자에게 건넸겠지. 아니면 그냥 땅에 떨어뜨려서 주워가게 했거나—"

그것이 그날 밤 열시 이후에는 사이타마현의 주택지로 옮겨져서 '유괴'의 증거품이 된 것이다.

"증거를 발견한 너희 아버지는 은행 담당자를 들볶아서 오억 엔을 전액 인출했어. 이런 긴급 사태에는 은행도 군말 없이 따라주니까. 그리고 범인의 연락을 기다렸지—"

이렇게 쓰고 나니 별일 아닌 것 같지만, 실제로는 대기하는 동안 난리도 아니었다고 한다. 초조하게 기다리는 게 힘들어서가 아니라 그사이 걸려오는 관계없는 전화들 때문이었다.

그렇다. 아빠가 우리집으로 돌아와 전화선을 연결하자마자 또다시 장난전화와 짓궂은 전화가 오기 시작한 것이다. 게다가 아무리 전화를 걸어도 신호만 가던 사이에 쌓인 울분을 씻어내듯 무시무시한 빈도로 걸어댔다.

"전화벨이 울릴 때마다 너희 아버지가 달려들어서 받았어. 하지만 장난전화고, 발끈해서 끊어버리고, 또 걸려오고. 그러기가 반복됐어. 게다가 그런 전화를 받는 중에 진짜 유괴범이 전화했다가 통화중인 것에 화가 나서 너나 어머니를 죽여버릴지 모른다는 생각이 들자, 너희 아버지의 심정은 죽은 거나 다름없었던 모양이야."

어제 새벽 한시 반쯤 내가 집으로 전화를 걸었을 때, 아빠가 아닌 다른 남자가 받은 것도 실은 그 때문이었던 셈이다.

내가 그 얘기를 하자 경위님이 안 그래도 큰 눈을 휘둥그레 뜨며 놀랐다. 경위님 얼굴 아래로 손바닥을 내밀어서 떨어지는 눈알을 받아줘야 하나 싶었다.

"그게 너였다니…… 아니, 그때는 너희 아버지가 현기증이 나서 누워 있었어. 그래서 내가 대신 받은 거지."

"그게 경위님 목소리였어요?"

"그래. 그런데 넌 왜 그런 시간에 갑자기 아버지한테 전화할 생각을 했지?"

어떡하지…… 사실대로 말할까…… 그렇지만 얘기가 길어지는 것도 성가시고, 가족의 사생활과 관계된 일이고—그런 생각을 하며 내가 머뭇거리자, 경위님이 의자에서 벌떡 일어서서 입술을 양옆으로 길게 늘이며 씩 웃었다.

그리고 나에게 얼굴을 가까이 대고, 낮은 소리로 말했다. 딱 한 마디.

"불어."

나는 불었다. 남김없이 몽땅.

내가 설명하는 동안, 경위님은 배 언저리에 팔짱을 끼고 가슴께에 턱을 묻은 채 줄곧 말이 없었다. 얘기가 진행될수록 점점 세게 팔짱을 끼면서 마지막에는 거대한 매듭처럼 되는 바람에 조금 걱정이 되었다.

분신사마 같은 유령 이야기에 흥미롭게 귀기울이는 것은 대부분 여자나 아이들이다. 남자나 다 큰 어른 중에는 이런 이야기를 싫어하거나 피하는 사람이 많다. 경위님도 의외로 그런 타입일지 모르겠다는 생각이 들었다.

"물론 제가 유령을 봤다고 단언할 자신은 없어요. 하지만…… 저기, 괜찮으세요?"

경위님이 얼굴을 찡그린 채 눈만 움직여서 나를 보았다.

"괜찮냐니?"

"경위님 말이에요. 이런 얘기, 좀 섬뜩하죠?"

"왜 그런 생각을 하지?"

"아까부터 자기 몸을 꽉 끌어안고 있으시잖아요."

경위님이 자기 팔을 내려다봤다. 거울이 있으면 보여주고 싶을 정도였다.

"이상한가?"

"상당히요."

"등이 가려워서." 여전히 같은 자세를 하고 있다. "등 한가운데가. 아무리 돌려도 안 닿네, 제길."

맥이 풀린 나는 무심코 이렇게 말하고 말았다. "긁어드려요?"

나는 경위님의 의자 뒤로 돌아가 윗옷 속으로 손을 밀어넣고, 근육으로 탄탄한 등 한가운데를 북북 긁어주었다.

경위님은 만족스러운 듯이 신음했다. "오오, 시원하다. 여하튼 요즘은 사건이 끊이질 않아서 말이야. 너와 어머니 유괴사건으로 호출되기 바로 직전까지도 다른 수사로 정신없이 뛰어다녔거든. 그래서 오늘로 꼬박 일주일 동안 와이셔츠를 못 갈아입었어. 등이 가려울 만도 하지."

나는 순간 등을 긁던 손을 멈췄다. 당연하다.

"이런, 고맙다."

의자에 앉은 자세를 고치며 경위님이 말했다. 완전히 편안해진 표정이었다.

"그 유령은 신경쓰지 않는 게 좋겠다."

"잘못 봤다는 뜻인가요?"

"그런 건 아니지만."

"유령이 있을 리가 없다?"

"글쎄, 그건 알 수 없지."

경위님이 진지한 표정으로 고개를 갸웃거렸다.

"그런 논쟁은 취조실에서 할 만한 게 아니니까. 그런데 네가 봤던 유령은 사와무라 나오아키인 편이 나아. 그래야 앞뒤가 맞거든. 그때 네가 그 사람 말고 다른, 예를 들어서 뭐, 돌아가신 할아버지의 유령을 봤다면, 그건 더 곤란할 테니까."

무슨 소리인지 모르겠다.

"때가 되면 알게 될 거야." 경위님이 자기 혼자 납득했다.

어젯밤의 그 순간을 떠올리면 나는 누가 얼어붙은 솔로 등을 쓸어내리는 듯한 기분이 든다. 그런데 그것은 묘한 일이기도 했다.

안 그런가? 사와무라 씨는 나의 친아버지일지도 모르는 사람이다. 그런데도 생전에는 얼굴조차 본 적이 없다. 그렇다면 유령이라도 좋으니 한번 만나보고 싶은 것이 자연스럽지 않을까?

"내가 인정이 너무 없나?"

불쑥 그렇게 중얼거렸다. 그러자 역시 경위님, 말뜻을 제대로 읽어낸 듯했다.

"그 유령을 무서워해서?"

"……네."

"그건 당연하지. 네가 본 것의 정체가 뭐였든, 네가 유령이라고 생각한 이상, 무서워하는 게 당연해."

나는 잠자코 있었다.

"잘 들어." 경위님이 말을 이었다. "죽은 사람이 되살아나서 나타난다면 누구라도—생전에 아무리 그 사람을 사랑했던 이라도 놀라고 두렵기 마련이야. 그러니 죽는 건 슬픈 거야. 그래서 모두 죽음을 두려워하지. 그건 잊힌다는 뜻이니까."

고개를 드니 더없이 진지한 경위님의 눈이 바로 앞에 있었다.

"그래서 '죽은 사람만 불쌍하다'는 말이 있지. 그 말 아니?"

"네."

"좋아." 경위님이 고개를 끄덕이고 말했다. "그나저나 너도 참 상상력이 풍부한 아이구나."

"왜요?"

"낯선 남자가 전화를 받았다고 바로, 아빠가 애인을 죽여서 묻은 것이 발각나서 형사가 들이닥쳤을지 모른다고 상상하다니."

그렇지만 우리 담임선생님은 '상상력이야말로 인류를 직립보행하게 만들고 진화시킨 힘의 원천'이라고 하던데.

"그 사람은 이번 사건과 관계없나요?"

돈 계산은 빠른 듯했지만 중요한 두뇌 회전 능력은 약해 보였던 그 미녀가 이번 같은 계획을 세울 수 있었을 리 없다. 그래도 일단 물어보았다.

"사실은 우리도 맨 먼저 그 사람 집을 조사했어." 경위님이 대답했다. "유괴범의 일원일 가능성이 매우 높다고 봤으니까."

"그렇군요."

"뭐, 어디까지나 개연성 문제지만 말이야. 너희 아버지와 불화로 헤어진 애인이고, 돈이라면 정신을 못 차린다고 하고."

그러나 그녀는 관계없었다. 나흘 전부터 일본에 없었던 것이다. 열흘간 유럽 여행을 떠나는 바람에.

"다른 남자랑 갔다던데." 경위님이 덧붙였다.

"진짜 빠르네요."

"그 또한 삶의 지혜란다."

경위님은 다시 의자를 뒤로 젖히며 새 담배에 불을 붙였고, 그 연기에 사레가 들고 말았다. 뒤에 있던 형사님이 익숙하다는 표정으로 일어서더니 구석의 테이블 위 포트에서 차를 따라 건네주었다. 내친김에 나에게도 권했다.

"그런데요, 경위님. 생각해보니까 어젯밤의 제 전화가 엄청 아슬아슬했네요?"

"아슬아슬하다니?"

"그렇잖아요. 만약에 제가 그때 한마디라도 했으면, 범인들의 계획은 전부 수포로 돌아갔을 거잖아요?"

경위님은 아까운 모양이었다. "그러게 말이다."

그런데 진짜 범인이 몸값을 받기 위해 연락한 것은 새벽 한시 사십분이었다.

"어처구니없게도 그 시간에 돈을 보석으로 바꿔오라는 거야."

"보석요?"

"혹시 '포세이돈의 은총'이라고 아니?"

앗! 나는 놀랐다.

범인은 정확히 오억 엔으로 그 '포세이돈의 은총'을 매수해오라고 요구했던 것이다. 올드 메이드 카드게임의 조커 같은 그 한 쌍은 이번에도 불길한 방식으로 등장했다.

"다행히 그 '가가미'라는 가게가 협조적이었어. 한밤중인데도 점장이 기꺼이 나와줬지."

점장은 처음에는 지금은 복잡한 사정 때문에 오억 엔 가까이 올랐지만 원래는 시가 삼억 엔이다, 그러니 그 가격만 달라는 말까지 했다고 한다. 하지만 경찰은 반대했다.

"범인은 '오억 엔으로 사라'고 했어. 게다가 일단 보석 형태로 받아뒀다가 나중에 가가미에 들고 가서 '같은 금액으로 되팔라'고 요구할 가능성도 있지. 그렇게 유명한 보석은 다른 판로를 찾기 힘들 테니까. 괜한 피해를 끼칠 순 없지."

아빠도 반대하지 않았다고 한다.

"받는 시각은 전화로 알려주겠다고 했어. 보석을 넣은 가방에 형광 페인트로 표시해두라는 지시도 했고. 그리고 너희 아버지 혼자 전화기 딸린 차를 타고, 오전 세시 정각에 조반고속도로로 진입해서 가시와 방면으로 가라고 했어."

그런데 실제로는 가시와까지 갈 필요는 없었다. 범인이 차량 전화기로 연락한 것은 새벽 세시 십분쯤이었다.

"에도가와 건너, 정확히 시모하나와 부근에서 속도를 낮추고,

'포세이돈의 은총'이 담긴 가방을 아래로 떨어뜨리라는 거야. '어차피 경찰차가 같이 오고 있을 테니 잠깐 멈춘다고 사고가 나진 않겠지'라면서."

아빠는 지시대로 따랐다. 삼십 분 후 다시 범인이 전화했다.

"인질은 지바의 노코기리산에 내버려뒀다고 했어. 다 같이 부랴부랴 달려갔지. 너희 아버지는 그야말로 반쯤 정신이 나간 상태였어. 그래서—"

수색 도중에 너무 흥분한 나머지 절벽에서 굴러떨어지고 말았다. 2, 3미터 높이이긴 했지만, 다리가 부러진 모양이다.

"엎친 데 덮친 격으로 뱀한테 물리기까지 했지."

"그런 곳에 뱀이 있나요?"

"있지. 덤불이 무성하니까. 자고 있던 뱀 위로 떨어지기라도 했나봐. 뭐, 독사는 아니었지만. 구렁이쯤 됐을까. 그나저나 너희 아버지는 길쭉하게 생긴 걸 지독히 싫어하는 것 같던데."

다리 골절보다 그것 때문에 기절해버린 듯했다.

경위님은 얘기를 계속했지만 나는 거의 듣고 있지 않았다. 머릿속이 다른 생각으로 가득했기 때문이다.

아빠.

반쯤 정신이 나가서 엄마와 나를 찾아 헤맨 아빠.

그러고 보니 아빠도 길쭉한 걸 엄청 싫어했다. 잊고 있었다.

나랑 똑같다.

"―분통이 터진다고." 경위님이 큰 소리로 말했다. 나는 퍼뜩 정신이 들었다.

"네?"

"내 말 못 들었어? 물샐틈없이 검문하고, 현장 부근을 통과하는 차들을 모조리 뒤졌는데, '포세이돈의 은총'은 흔적조차 없었어. 분통이 터져서, 원. 이 계획은 너무나 치밀했어. 너와 어머니를 채 갈 때도 근소한 시간차를 교묘하게 이용했고……"

아닌 게 아니라 범인들의 행동에는 빈틈이 없었다. 이쪽 상황을 샅샅이 파악하고서 움직였다.

나는 가슴이 철렁해서 입술을 핥았다.

"혹시 마에카와 선생님이 관계있다고 생각하세요?"

경위님이 뚱하게 대답했다. "지금 조사중이야."

나도 모르게 마에카와 선생님이 고문당하는 모습을 상상하고 말았다. 하지만 경위님의 말은 그런 의미가 아니었다. 사람을 외모로 판단하면 안 된다.

"그 조사, 시간이 많이 걸려요?"

빨리 아빠와 엄마가 있는 병원으로 가고 싶어서 물었다. 경위님이 큼직한 손을 내저으며 말했다.

"별로 안 걸려. 그동안 밥이나 먹을래? 어차피 부모님 면회는 아직 안 되고. 경찰서 올 기회도 흔치 않은데, 취조실에서 돈가스 덮밥을 안 먹고 갈 수는 없지. 귀한 경험이 될 거야."

"그게 귀한 경험이 되도록 성장해야 할 텐데요."

싱글벙글 웃으며 그렇게 말한 뒷자리 형사님이 일어나서 배달 음식을 시켜주었다.

경찰서에서 먹은 돈가스덮밥은 살짝 짰다.

부하 형사님이 돌아와 보고한 것은 우리가 취조실에서 식사 후 차를 마시고 있을 때였다.

"경위님, 역시 있었습니다."

"그렇군, 수고했어."

내가 머뭇머뭇 물었다. "뭐가 있었다는 거예요?"

"마에카와 변호사 사무실 전화기에—" 경위님이 담배에 불을 붙였다. "고성능 도청기가 있었어."

범인들은 그것을 통해 우리와의 대화 내용을 엿들은 것이다. 그래서 효율적으로 행동할 수 있었다—

"마에카와 선생은 관계없더군. 우리 형사가 슬쩍 떠봤는데 전혀 반응이 없었다고 하니. 도청기에 관해서는 몰랐겠지."

담배를 힘껏 비벼 끈 경위님이 신음하듯 중얼거렸다.

"그런데 예감이 안 좋아."

"범인은 잡을 수 있나요?"

"잡을 수 있지!"라고 선언하고, 또다시 신음을 흘렸다. "잡긴 잡겠지만, 진짜 흑막을 캐내는 건 힘들지도 모른다."

"왜요?" 어떤 흑막이든 이 경위님이 투항하라고 소리치면 나오고도 남을 텐데.

그런데 다무라 경위는 건장해 보이는 머리를 흔들었다.

"내 생각에, 이 계획을 세운 사람, 즉 진정한 흑막은 이미 죽은 사람이니까."

무슨 뜻인지 물어보려는데 젊은 여자 경찰분이 부르러 왔다.

"마사오, 이제 아버지랑 어머니를 만날 수 있어."

그 소식이 도착한 것은 내가 다무라 경위님과 병원에 도착해서 아빠 병실로 걸어가고 있을 때였다. 숨을 헐떡이며 쫓아온 형사가 경위님을 불러세우더니 흥분한 말투로 무슨 얘기를 했다. 도깨비처럼 험상궂은 표정으로 얘기를 다 들은 경위님은 "알았어"라고만 대답했다. 그리고 병실로 나를 재촉했다.

"무슨 일이에요?"

"분통 터지네." 콧구멍을 벌름거렸다. "안 좋은 예감이 들어맞았어."

병실 문을 열자 아빠는 침대에, 엄마는 그 옆 의자에 위독한 상태의 부부 만담가 같은 낯빛으로 앉아 있었다. 아빠의 왼다리가 높이 매달려 있었다.

경위님이 대뜸 내뱉었다. "속 뒤집히는 소식이 들어왔습니다."

"뭔데요?" 아빠가 발버둥치듯 몸을 내밀었다.

나는 겁에 질린 표정을 짓는 엄마에게 바짝 다가가 속삭였다.

"괜찮아. 이 경위님이 얼굴은 저래도 좋은 사람 같아."

번득이는 눈빛으로 우리를 바라본 후 다무라 경위님이 말했다.

"조금 전 배우 안자이 마리의 소속사에서 연락이 왔는데."

안자이 마리? 잠깐 의아해하다 떠올랐다. 아아, 그 '포세이돈의 은총'을 놓고 다투던 사람이다.

"잘은 모르겠지만, 성명서가 도착했답니다. 고인이 된 사와무라 나오아키 씨가 친필로 쓴 문서 같은데……"

우리는 일제히 눈을 휘둥그레 떴다.

"'포세이돈의 은총'은 제가 저승길 노잣돈으로 가져가겠습니다. 부디 언짢게 생각하지 마시길—그런 내용이라고 합니다."

병실 안에 무거운 침묵이 내려앉았다. 경위님 못지않게 강력한 침묵이.

"게다가 안자이 마리와 '포세이돈의 은총'을 놓고 다투던 재벌가 따님한테도 완전히 똑같은 성명서가 갔다는군요." 경위님이 화난다는 듯이 덧붙였다.

잠시 후 타박상으로 부어오른 뺨을 누르며 아빠가 중얼거렸다.

"대체 어떻게 된 거죠?"

이때 경위님이 해준 설명에 나중에 알게 된 사실을 보충해서 정리하면, 전말은 다음과 같다.

사정인즉슨 사와무라 나오아키 씨는 과거 몇 차례의 치열한 주가조작 싸움에서 안자이 마리의 남편인 청년 사업가에게 큰 타격을 입혔다고 한다. 청년 사업가가 늙은 여우 같은 투기꾼에게 몇 번이나 호된 꼴을 당한 것이다. 그것도 이번에야말로 사와무라의 코앞에서 짭짤한 이익을 가로챘다고 기뻐하며 진수성찬을 막 맛보려는데, 찬찬히 보니 그것은 진수성찬도 뭣도 아니고 놀랍게도 자신의 혀였다—는 식의 완벽한 패배를.

한편 안자이 마리와 팽팽히 맞섰던 A씨의 아버지인 기업인도 몇 번에 걸쳐 사와무라 씨에게 발목을 잡혔다. 더군다나 '주식에 손대는 기업인은 욕심에 눈이 먼 바보 멍청이'라는 말까지 듣고 불같이 화를 냈었다.

그래서 '포세이돈의 은총'을 표적으로 삼아 맹렬히 싸우던 두 사람이 딱 하나, 공통적으로 기뻐했던 것은 그 사와무라 나오아키가 쉰다섯 살이라는 한창 나이에 말기암으로 자기들보다 먼저 죽어주었다는 사실이었다.

"그래도 사와무라가 마지막까지 그들보다는 한 수 위였던 셈이죠."

경위님의 말에 엄마가 멍한 얼굴을 들었다. "그럼, 이게 다 처음부터 사와무라 씨가 계획한 일이라는 말인가요?"

"그렇겠죠."

"왜요? 왜 그 사람이 이런 일을 벌여야 하죠?"

경위님보다 먼저 내가 대답했다. 이미 다 이해했기 때문이다.

"돈만으로는 그 두 사람을 제치고 '포세이돈의 은총'을 손에 넣을 수 없었기 때문이야, 엄마."

"그렇지." 경위님이 말했다.

그랬다. 그런 것이었다.

'포세이돈의 은총' 쟁탈전이 일반인에게 알려진 것은 최근이지만, 시작된 시점은 작년 가을이었다. 정보통인 사와무라 씨는 당연히 얘기를 들었으리라. 그리고 그 무렵 불치병 선고를 받았고, 남은 시간이 별로 없다는 사실을 알았다.

그래서 이 계획을 짜낸 것이다. 액수를 끌어올리는 기싸움에는 관여하지 않고, 싸우기 바쁜 두 사람의 코앞에서 '포세이돈의 은총'을 가로채는 계획을.

유괴범이 몸값으로 요구했다—그런 비상사태에서 '가가미'가 '포세이돈의 은총'을 팔지 않을 리 없다. 게다가 돈도 지불하니 가게나 소유주에 피해를 주는 일이 아니다.

"도와준 사람은 누구였을까요?" 나는 경위님의 커다란 배를 올려다보았다. "그 '닛타 씨'와, 전화를 걸었다는 여자요."

"사와무라의 동료겠지."

실행 부대가 사와무라 씨의 수족이나 다름없었다면, 마에카와 선생님의 동정을 엿보기는 간단하다. 하지만—

"그 사람은 고독한 늑대였잖아요?"

그러자 경위님이 묘하게 시적인 말을 했다. "세상에 오롯이 혼자서 살아갈 수 있는 사람은 없어."

"그건 그렇지만, 사와무라 씨에게는 친척이—"

경위님이 씩 웃으며 수수께끼 같은 말을 했다. "너도 유령을 봤잖아?"

"유령?"

되묻는 엄마를 가볍게 제지하고 경위님이 말을 이었다.

"그 문제는 나중에 말씀드리죠. 아무튼 어머님과 아드님을 유괴한 일당은 사와무라 나오아키와 뜻을 같이했을 겁니다."

어리둥절한 침묵이 흐른 후 아빠가 중얼거렸다. "그럼 사토코는요? 아내 입장은 뭐가 되죠? 돈을 유증한 것도 다 이것 때문이었단 말입니까?"

말하기 거북한 듯이 입술을 일그러뜨리며 다무라 경위가 대답했다. "이것 때문이었겠죠."

"단지 이것 때문이라고?"

"아버님, 흥분하면 좋지 않습니다."

"단지 이것 때문에? 우릴 이용했다고? 그렇게 어마어마한 소동에 휘말리게 해놓고? 유괴사건까지 벌이면서? 이용한 것뿐이라고요? 그런 겁니까?"

"여보." 엄마가 오랜만에 다정한 목소리로 아빠를 불렀다. "여보, 이젠 됐어."

"되긴 뭐가 돼!" 아빠가 고함을 쳤다. "뭐가 됐다는 거야! 우리만 바보로—바보로 만들어놓고—"

다무라 경위가 슬며시 간호사 호출 버튼을 눌렀다.

"아버님……"

"용서 못해! 이건 절대 용서 못해!"

"아빠, 진정해." 내가 조용히 말했다. "당구 같은 거야. 우리는 쿠션으로 이용된 거고."

아빠는 눈에 핏발을 세우고 입술을 부들부들 떨었다.

"내, 내 아내를—내 아들을—"

"심정은 이해합니다. 하지만 흥분하면 몸에 좋지 않아요." 경위님이 다가갔다.

"나, 나, 나—"

"아빠, 괜찮아요?" 내가 아빠를 흔들었다. 그러나 아빠는 몹시 흥분해서 눈동자가 움직이질 않았다. 그러더니 갑자기,

"나쁜 놈!" 하고 천장이 떠나가라 우렁찬 소리를 내질렀다. "죽여버리겠어!"

나와 경위님은 그 소리에 놀라 뒤로 자빠질 뻔했다. 꿈쩍도 하지 않은 사람은 오직 엄마 혼자였다.

엄마는 양손을 무릎 위에 올린 채 말없이 아빠를 바라보고 있었다. 이윽고 들릴 듯 말 듯 작은 목소리로 말했다.

"이미 죽은 사람이야."

아빠가 엄마 쪽으로 몸을 돌렸다. 오랜만에 재회한 사람을 바라

보듯 엄마를 쳐다보았다. 그곳에 새로운 발견이—좋은 발견이 있음을 확인하려는 것처럼 그저 가만히 응시하며.

엄마가 처음으로 웃었다. "이미 죽은 사람이야. 진즉에 죽었어."

진즉에 죽었어.

그렇게 중얼거린 후 아빠의 목에 매달려 울음을 터뜨렸다.

다무라 경위의 커다란 손이 내 머리에 닿았다. 나는 경위님에게 이끌려 조용히 병실을 나왔다.

경위님과 나는 로비 벤치에 나란히 앉아 조용히 경위님이 사온 커피우유를 마시고 있었다. 잠시 후 경위님이 입을 열었다.

"위궤양이라고 의사가 커피를 못 마시게 해. 그래서 이런 짝퉁밖에 못 마셔."

"저도 엄마가 아직 커피 마시기는 이르대요."

"아, 싫다. 나이 먹으면 어린애와 똑같아진다는 증거야."

그렇지만 덩치 큰 경위님이 조그만 커피우유 팩에 짧은 빨대를 꽂고 마시는 모습은 조금 귀여웠다.

"경위님."

"왜?"

"사와무라 씨는 거짓말을 했네요."

"무슨 소리야?"

“엄마한테 은혜를 갚는다는 얘기, 다 거짓말이었잖아요? 이십 년 전에 한 약속은 잊어버린 거예요. 오억 엔은 날아가버렸고, 남은 거라곤 없어요.”

경위님이 빈 팩을 한 손으로 우그러뜨려 쓰레기통으로 던지며 대답했다. “꼭 그렇다고는 할 수 없지.”

“왜요?”

경위님이 처음으로 씩 웃었다. 금니 하나가 반짝 빛났다.

“은행에 넣어둔 동안 이자가 붙었잖아. 그건 너희 엄마 몫이야. 액수가 상당할걸. 물론 오억 엔에는 비할 게 못 되겠지만.”

2

유괴 소동으로 본의 아니게 다시 화제의 인물로 떠올라 이리 치이고 저리 치였지만, 이번에는 우리 가족의 결속이 무너지지 않았다.

자잘한 사실들은 시간이 지나면서 조금씩 밝혀졌다.

하나는 그 ‘닛타 씨’가 우디하우스에서 한 번도 전화를 걸지 않았다는 사실이다. 전화기의 훅을 누른 채 거는 척 우리 앞에서 혼자 연기를 한 것이다. 통화 기록이 전혀 남아 있지 않았으니까.

딱 한 번 전화를 받았을 때는 물론 공범 여자가 걸었을 것이다.

발신지가 도쿄에 있는 공중전화였다.

엄마와 나, 이마자토 씨를 비롯한 빛의 집 직원들, 그리고 시마자키까지 동원되어 '닛타 씨'의 몽타주를 만들었다. 그런데 전혀 진척이 없었다. 이것이 두번째 발견이다.

"그 도수 높은 안경이 핵심이었던 거야."

시마자키가 말했다.

"아무래도 이상하긴 했어. 렌즈를 전혀 닦지 않았거든. 속임수로 쓴 가짜 안경이었던 거야. 생각해봐, 얼굴을 공개할 수 없는 미성년자 사진에서도 눈 주위를 가리잖아? 큰 의미 없어 보이지만, 꼭 그렇지도 않아. 진짜 얼굴을 전혀 알 수 없게 돼. 인상이 산만해지니까."

경찰의 몽타주 담당자도 같은 말을 했다. 가까스로 비슷한 얼굴을 그려내긴 했지만.

"안경을 벗으면 인상이 완전히 달라져. 너희가 길에서 만나도 못 알아볼걸."

그런데 딱 한 명, 눈 깜짝할 사이였지만 그의 맨얼굴을 목격한 사람이 나타났다. 다름아닌 옛 이사카장 주인의 손녀, 다이마쓰 마사미 씨였다.

"뉴스를 보고 깜짝 놀라서 달려왔어."

그렇게 말하며 찾아온 마사미 씨는 그날 시마자키와 나를 오미야역까지 바래다줬을 때, 우리를 물끄러미 바라보는 젊은 남자를 보았다고 했다.

"역시 너희 행동은 감시당하고 있었어." 다무라 경위님이 말했다. "녀석은 말을 걸 기회를 노렸던 거지."

몽타주 제작에 협력하면서 마사미 씨는 몹시 곤혹스러워했다.

"정말 한순간, 힐끗 봤을 뿐이야. 어떤 얼굴이었는지 머릿속에는 남아 있지만 말로는 설명이 잘 안 돼."

경찰서에서 돌아오는 길에 우리와 함께 빙수를 먹으며 불쑥 그렇게 중얼거렸다.

"나쁜 느낌은 아니었어. 스물대여섯 살쯤 됐을까…… 호리호리하고 친절해 보였지. 범죄자처럼 보이진 않았어. 진짜야, 나쁜 사람 같진 않았는데……"

마사미 씨의 시선을 알아채자 그는 바로 안경을 쓰고 획 돌아섰다고 한다.

그러나 마사미 씨와 눈이 마주친 순간 살짝 미소 지은 것처럼 보였다—고 한다. 그 얘기를 할 때, 기분 탓인지 마사미 씨의 표정이 황홀해 보였다.

"어휴, 참." 나중에 시마자키가 한탄하며 말했다.

"앞으로 이십 년 후에 마사미 씨가 너희 엄마처럼 되진 말아야 할 텐데. 대체 여자들은 왜 나쁜 남자를 좋아할까?"

"너도 좀 나쁜 남자가 돼보시든가."

"싫어. 신세 망친데다 인기까지 못 얻으면, 그건 정말 최악이야."

콤플렉스가 상당히 심하시군요, 시마자키 군.

그 '닛타 씨'가 엄마와 나를 태웠던 차는 두 대 다 위조 번호판을 단 도난 차량이었다. 가미스와로 가면서 탄 차는 사건 다음날 아침 도쿄의 길가에 버려진 채 발견되었다. 두말할 나위 없이 운전자를 특정할 단서는 지문 하나도 남아 있지 않았다.

그는 사라져버렸다. 감쪽같이.

'포세이돈의 은총'도 여전히 행방불명 상태다. 보석을 건네준 현장은 그렇다 치더라도, 삼엄한 검문을 펼친 현장 부근을 범인이 어떻게 빠져나갔는지는 짐작도 못하고 있는 것이 현재 상황이다.

물론 범인의 윤곽조차 잡히지 않았다. 초조해진 경찰과 반대로 안자이 마리와 A씨가 벌이던 볼썽사나운 쟁탈전에 얼마간 진력이 났던 사람들은 이 범인들에게 갈채를 보내기도 했다.

"삼억 엔 사건처럼 되어버렸네." 시마자키가 말했다. "누구에게도 타격을 입히지 않은 완전범죄잖아."

그리고 심리적으로는 분명 타격을 입었을 우리 부모님도 지금은 행복한 얼굴로 함께 구혼여행 계획을 짜고 있다. 비용은 전에 저축해둔 돈으로 쓰는 것 같다. 오억 엔의 이자는 아빠가 한 난민 구조 단체에 고스란히 기부해버렸다. 엄마는 싱글벙글 웃으며 그 모습을 지켜보았다.

나한테도 구혼여행에 같이 가자고 했지만 사양했다. 기간이 빛의 집 소풍날과 겹쳐서다. 나도 소풍에 초대받은 것이다.

“시마자키, 너도 갈래? 아야코라는 애 꽤 귀여워.”

“난 롤리타콤플렉스가 아니야.”

진짜 짜증나는 녀석이다.

그리고 또 한 가지, 작은 수수께끼가 풀렸음을 보고해야겠다.

그렇다, 공중으로 띄워주는 놀이 얘기다.

엄마가 여행사에 가고 아빠와 단둘이 집에 남았을 때 물어보았다. 저기, 옛날에 나한테 공중으로 띄워주는 놀이를 해준 적 있어?

그러자 아빠가 눈치보는 표정을 지으며 말했다.

“엄마한테는 비밀이야. 안 해준 걸로 알고 있거든.”

“……그럼, 했었어?”

“딱 한 번. 네가 너무 좋아해서. 그 바람에 요통이 도져서 의사한테 따끔하게 야단을 맞았지. 회사도 못 가고…… 그러니까 이건 비밀이다.”

3

자, 그런데.

이제부터 할 이야기는 말하자면 이 사건의 결말이다. 강화훈련에서 무사히 살아남고 합숙 전까지 방학숙제를 대충 끝내야 했던 내가 사건도 관련자도 거의 잊고 지내던 무렵, 역풍이 불듯 갑자기 찾아온 마지막 챕터.

그날 나와 시마자키는 비디오로 〈람보〉를 보고 있었다.

나는 시마자키 집에 놀러가서 같이 방학숙제를 해치우는 중이었다. 비디오 감상은 잠깐의 휴식이라고 할까. 그런데 가게 일을 하다가 우리를 들여다보러 온 아주머니가 말했다.

"너희, 휴식만 너무 열심히 하는 거 아니니?"

어쨌든 〈람보〉의 성대한 총격전을 보던 중에 문득 떠올랐던 것이다. 그 산탄이.

그래서 별생각 없이 그 얘기를 했다. 시마자키한테는 말해도 걱정없으니까, 문제의 탄환을 옹이구멍에 넣고 온 사실까지, 제법 스릴 있는 경험담처럼 털어놓은 것이다.

그런데 바닥에 누워 있던 시마자키가 서서히 몸을 일으켰다. 눈빛이 반짝이고 뺨이 상기되었다.

"왜 그래?"

물어보는 나는 아랑곳 않고 벽에 시선을 고정한 채 골똘히 생각에 잠겼다. 이렇게 되면 인형한테 말을 거는 거나 다름없다. 나는 그를 내버려두고 영화에 집중했다.

그러자 삼십 분쯤 지나서 막 잠에서 깬 듯이 눈을 깜박거리며 시마자키가 물었다.

"오늘이 며칠이지?"

그날은 8월 14일이었다.

"14일이라—이제 이틀 남았네. 아직 안 늦었을지도 몰라."

"무슨 소리야?"

"야, 내일 가미스와에 가자."

"뭐?"

"그 산탄을 가지러 가자고. 분명히 곤란해하고 있을 거야. 아니, 곤란하진 않더라도 이상하게 여길 게 틀림없어. 다녀와야 해."

나는 또다시 시마자키가 제정신인지 의심했다.

"나—차비 없는데."

"빌려줄게. 저기 있는 돼지저금통 뜯자."

"너 그래가지고 돈 모으겠냐? 안 어울리게 왜 이래."

"말 많네. 단순한 방법이 진리에 가까운 거야."

시마자키는 돼지저금통에 오만 엔이나 저금해놓았다. 역시 정상은 아니다.

그래도 그 경비 덕에 우리는 가미스와로 향했다. 핑계는 이번에도 '자유연구' 과제. 당일치기 강행군이었다.

시마자키는 가미스와행 특급열차 안에서도 침묵하기로 작정한 듯, 대체 무슨 생각으로 이런 여정을 시도하는지 전혀 설명해주지 않았다. 열차 안에서 사와무라 씨도 이런 타입이지 않았을까 싶은 댄디한 사업가 같은 남자와 나란히 앉았는데, 그가 우리에게 말을 걸었다.

"너희 둘이서 다니니?"

"네."

"어디까지 가는데?"

"가미스와요."

"다케다 신겐* 연구 보고서라도 쓰나?"

"헤헤……"

내가 그 사람과 JR동일본 포스터에 나올 만한 장면을 연출하며 대화를 주고받는 동안에도, 시마자키는 자기의 염력으로 열차를 달리게 한다는 듯이 잔뜩 찌푸린 표정으로 창밖만 내다보았다.

역에서 우디하우스까지는 히치하이킹을 시도했다. 마침 별장지대로 배달 가는 마트 트럭과 마주쳐서 큰 도움이 되었다.

"너희, 별장지에는 뭐하러 가니?"

티셔츠에 통 넓은 바지를 입은 마트 아저씨가 말을 걸어도 시마자키는 여전히 침묵 수행중이었다. 하는 수 없이 내가 대답했다.

"호수 근처 숙소에 묵고 있는데, 친구 가족이 가미스와 레이크 빌리지에 별장을 빌렸어요. 그래서 놀러가려고요."

마트 아저씨가 흐음, 하며 고개를 끄덕였다.

"너희, 혹시라도 그 친구가 부러워서 우리 아빠는 무능하다고

* 일본 전국시대의 무장.

생각하면 안 된다. 요즘 같은 세상에 제대로 돈벌이해서는 그런 별장을 못 가져."

"넵."

아저씨, 저는 얼마 전까지만 해도 그런 별장 한두 채쯤은 척척 살 수 있는, 호박이 넝쿨째 굴러들어온 부잣집 아이였어요—그런 말이 목구멍까지 밀고 올라왔지만 꾹 삼켰다.

새삼스레 기억을 뒤질 필요도 없이 그 나무옹이는 곧바로 찾아냈다. 손을 깊이 밀어넣으며 소리쳤다. "있다!"

장탄이 나왔다. 습기가 차서 눅눅했지만, 겉보기에 달라진 점은 없었다.

시마자키가 그것을 주머니에 넣고는 나를 재촉해 산을 내려갔다. 다시 히치하이킹을 하려는 나에게 "약해빠졌긴, 그냥 걸어가"라고 다급히 몰아붙이며 혼자서 몹시 심각한 얼굴을 했다. 살짝 뚱한 눈치였다. 화가 난 것은 아니다. 가슴이 뛰는 것이다. 시마자키는 웬만한 일에는 좀처럼 흥분하지 않는 편이라 나도 그런 반응에 긴장이 되었다.

호숫가에서 보트를 빌리고 내가 노를 저어 호수 한가운데로 나아갔다. 위를 올려다보니 시야 한가득 파란 하늘이 펼쳐져 있었다. 새삼 지구는 둥글구나란 생각이 들었다.

"이쯤이면 되겠네."

시마자키의 말에 나는 노를 내려놓았다. 푸른빛이 감도는 잿빛

물살이 보트 옆구리를 찰싹찰싹 때렸다. 저멀리 커다란 장난감 같은 백조 모양 유람선이 맞은편 호숫가를 향해 한가롭게 둥실둥실 나아가고 있었다.

시마자키가 주머니에서 장탄을 꺼내더니 "손수건 좀 펼쳐봐" 했다.

나는 바지 뒷주머니에서 꼬깃꼬깃해진 손수건을 끄집어냈다. 팡팡 두드리며 펼치는데, 시마자키가 조용히 입을 열었다.

"너 말이야, 처음에 이게 폭발하지 않았을 때 '운이 좋았다'고 생각했지?"

"그랬지. 실제로도 그렇잖아."

"난 그렇게 생각하지 않아. 바위 모서리에 부딪혔는데도 폭발하지 않았던 건—"

종이 케이스를 찢고, 펼친 손수건 위에 동글동글한 납 산탄을 내려놓았다. 파친코 구슬보다 약간 작은 알이 아홉 개였다.

"굴러떨어지지 않게 조심해."

그렇게 말한 시마자키가 곧바로 빈 케이스를 분해하기 시작했다.

나는 아홉 개의 납 구슬을 손수건째 들어올려 무릎 위로 옮겼다. 그것은 현명한 조치였다. 아까 본 백조보다 가까이에서 이번에는 거북 모양 유람선이 가로질러갔고, 잠시 후 배가 남긴 물살이 우리 보트를 뒤흔들었기 때문이다.

"야, 이것 봐."

시마자키의 목소리에 나는 그의 손을 보았다.

화약이 들어 있지 않았다.

"이건 가짜 총알이야."

"그럼, 이 납 산탄은 뭔데?"

"위장이지." 시마자키가 그렇게 말하고 하나씩 손에 들고 무게를 확인하기 시작했다.

"아홉 개 중에 네 개야."

"뭐가 네 개야?"

"이 정도 크기에 색깔도 비슷하지만, 엄청나게 비싼 거."

이번에는 내가 얼굴을 찡그릴 차례였다.

"무슨 소리야?"

시마자키는 기분좋은 듯이 심호흡하고 입을 열었다.

"잘 보게, 왓슨."

그리고 골라낸 네 개의 납 구슬을 손바닥에 얹어 내밀었다. 나는 손끝으로 그중 하나를 집어들었다.

표면이 반들반들 매끄럽고, 예상외로 아름다웠다. 이것이 위험한 총알이라는 것이 선뜻 믿기지 않을 정도였다. 게다가 납이 이렇게 가벼웠나—

거기까지 생각하다 화들짝 놀랐다.

너무 놀란 나머지, 조심성 없이 벌떡 일어설 뻔했다. 시마자키가 기겁하며 막지 않았다면 보트가 뒤집혀버렸을지도 모른다.

"진정해."

"어떻게 진정해!"

"얼른 앉아. 내 말 잘 듣고, 움직이지 말고 얌전히 있어."

호수 물결에 흔들리는 보트 위에서 시마자키는 자기 생각을 얘기해주었다. 믿기지 않지만, 앞뒤는 맞았다.

"표면이 상하지 않게 꺼내는 방법을 우리는 몰라. 이대로 건네주는 수밖에 없어."

나는 조용히 고개를 끄덕였다.

"응. 이만 도쿄로 돌아가자."

다음날인 8월 16일, 나와 시마자키는 그 수족관을 찾아갔다. 푸른 바다, 강한 바람, 그리고 지난번과 다르게 수많은 인파.

이 또한 시마자키의 제안이었다. 나는 묵묵히 따랐다. 쓸데없는 질문도 하지 않았다.

시마자키는 반짝이는 바다를 보며 천천히 걸어갔다. 저멀리 햇살 아래 프라모델처럼 조그맣게 보이는 도쿄 디즈니랜드의 신데렐라성을 멍하니 바라보며, 나도 나란히 걸었다.

지난번에 여기 온 것은 정확히 한 달 전인 7월 16일이었다.

"분명히 왔을 거야."

긴 줄 뒤에 서서 참을성 있게 기다린 후 입장권을 사면서 시마자키가 중얼거렸다.

"분명히 왔어. 확신이 들어."

"그래, 틀림없겠지."

예감은 우리를 배신하지 않았다. 커다란 다랑어 수조 앞에 관람객 무리와 조금 떨어져서, 마치 우리가 올 걸 알고 기다렸다는 듯이 그 여자가 서 있었던 것이다.

오늘도 역시 검은색 정장. 진주 브로치에 옅은 붉은색 립스틱을 발랐다. 그 입술이 나와 시마자키를 알아보고 희미하게 미소 지었다.

"또 만났네, 꼬마 도련님들."

마담 아쿠아리움이었다.

우리가 다가가자 그녀도 이쪽으로 걸어왔다. 그리고 그날처럼 우리 머리 위에 번갈아 손을 얹었다.

"전해드릴 게 있어서 왔어요."

그녀를 똑바로 올려다보며 내가 입을 열었다.

"뭔데?"

"'포세이돈의 은총' 한 쌍, 총 백이십구 알 중에 잃어버렸던 흑진주 네 알요."

마담 아쿠아리움의 갸름한 눈이 약간 커졌다.

"너희가 갖고 있었니?"

시마자키와 나는 엄숙한 맹세를 하듯이 고개를 끄덕였다. 내가 말했다.

"그 유괴사건의 공범자 한 명이시죠?"

우리 세 사람은 사람들 눈을 피해 방파제까지 내려갔다. 하이힐을 신은 마담 아쿠아리움은 우리보다 약간 걸음이 느렸다. 그녀가 다가오자 바닷냄새 사이로 그날과 똑같은 향수냄새가 감돌았다.

"사와무라 씨와 잘 아는 사이셨죠?"

내 질문에 그녀가 희미하게 미소를 머금었다.

"글쎄…… 그 사람은 마지막까지 잘 알 수 없었어. 그래도 알고 지낸 지는 오래됐지."

"얼마나요?"

"……삼십 년쯤 됐을까."

시마자키와 내가 얼굴을 마주보았다. 그러자 그녀가 활짝 웃어 보였다.

"난 올해 쉰 살이란다. 꼬마 도련님들 눈으로 보면 완전히 할머니겠지."

도저히 그 나이로는 보이지 않았다.

"그 사람을 처음 만났을 때 난 스물한 살이었어. 사토코 씨의 스물한 살과는 전혀 달랐지만, 나도 젊은 아가씨인 시절이 있었지. 사와무라 씨도 아직 스물다섯 살이었고. 그래, 그 세계에 막 발을 들여놓은 그야말로 풋내기였어."

방파제 난간에 팔꿈치를 얹고 저멀리 시선을 던졌다. 시마자키와 나도 그녀의 양옆에서 한껏 어른 흉내를 내며 팔꿈치를 괴었다.

머리 위에서 강한 햇살과 함께 수많은 수족관 관람객들의 소리가 왁자지껄 뒤섞여 쏟아졌다. 아이를 부르는 엄마 목소리, 젊은 커플이 장난치는 소리.

"할아버지, 이쪽이야, 이쪽!"

"야, 사진 찍었어?"

"화장실 어디야?"

"엄마, 아이스크림 먹고 싶어."

잠시 후 마담 아쿠아리움이 드디어 입을 열었다. 희미하게 웃으면서.

"우리 두 사람은 같이 이런 곳에 와본 적도 없어. 그럴 기회도, 시간도 없었지."

"사와무라 씨도, 아주머니도요?"

내가 묻자 마담이 고개를 천천히 끄덕였다.

"우리 각자에겐 시간이 있었지. 충분히 자유롭게 쓸 수 있는 시간이. 그런데 둘이 만나면 항상 서글퍼질 정도로 바쁘기만 했어."

어떤 의미인지 나는 잘 이해되지 않았다. 좋아하는 사람과 함께 있으면 시간도 풍요로워진다—내게 인생이란 아직 그렇게 밝은 전망 위에서만 그려지는 것이었으니까.

"같이 살았던 시기도 있고, 일이 년씩 소식조차 몰랐던 시기도 있었어. 이상한 관계였지만, 나는 그걸로 만족했지. 서로 구속하는 건 싫었거든. 이해할 수 있니?"

시마자키가 말했다. "이해해요. 살아 있는 걸 가둬두는 게 싫다고 하셨으니까요."

마담 아쿠아리움이 살짝 웃었다.

"응, 그래. 난 그 사람이 계속 자유롭길 바랐어. 아무리 조마조마해도, 걱정이 돼도, 한번 구속해버리면 그 사람은 더이상 그 사람이 아니게 된다—그런 생각이 들었으니까. 그래서 나도 내 일을 가지고 스스로 생계를 꾸리며 지금까지 살아왔지."

바닷바람이 폭이 좁은 검은색 옷자락을 휘날리며 지나갔다. 아름다운 무릎이 얼핏 드러나서 나는 문득 마담 아쿠아리움의 젊은 시절을 상상했다.

이 사람은 분명 사와무라 씨 못지않게 발이 빨랐을 것이다. 터프했을 것이다. 그래서 그 사람을 따라갈 수 있었다. 몇 번을 놓쳐도 다시 찾아낼 수 있었다.

줄곧 함께 달려올 수 있었다.

그녀가 우리를 돌아보았다. "어떻게 알았니? 내가 사와무라 씨의 협력자였다는 걸……"

나는 시마자키를 돌아보았다. 알아챈 건 그였으니까.

시마자키가 천천히 입을 열었다.

"아주머니를 만난 그날, 한 달 전 오늘, '여기서 다시 만날 일이 있겠지'라고 말했을 때요."

"어머나……"

"하지만 그때는 아직 확실하진 않았어요. 분명해진 건 이번 사건에 여성 공범자가 있다는 것과, 범인들이 사전에 오가타의 행동을 감시했다—아니, 지켜보았다는 사실을 알았을 때죠. 그래서 아주머니 말이 떠올랐어요."

나에게 설명하면서 시마자키는 말했다. 이 범인들에게서는 악의가 느껴지지 않아…… 오히려 친절할 정도잖아, 라고.

"한 달 전 여기서 말을 걸었을 때는 너희와 이런 형태로 다시 만나게 될 줄은 몰랐어." 마담 아쿠아리움이 말했다.

"오늘도 와주면 좋겠다…… 막연히 그렇게 생각했을 뿐이야. 그런데 그것만 가지고 어떻게 알았을까?"

시마자키가 미소 지었다. 갑자기 어른처럼 보였다. 어른인 척하는 아이가 아니라 진짜 어른. 덩치만 큰 아이가 아니라, 갈비뼈 하나하나, 손톱 끄트머리까지 다 자란 어른.

"오늘도, 지난달 그날도 16일이에요. 사와무라 씨가 돌아가신 날이죠? 그리고 아주머니는 상복을 입고 있어요. 진주 액세서리를 달았고."

마담 아쿠아리움이 문득 손을 들어 브로치를 만졌다.

이번에는 내가 나지막이 말했다. "아주머니는 사와무라 씨의 죽음을 애도하는 거예요."

마담 아쿠아리움의 입가에 미소가 깃들며 부드럽게 풀어졌다.

그리고 우리에게서 눈을 돌렸다.

아마도 눈물을 보이고 싶지 않아서였으리라.

그날 마담 아쿠아리움이 얘기해준 사건의 진상을 다시 떠올려 보면, 나는 지금도 마음이 술렁인다.

에도가와 다리 밑, 시모하나와로 '포세이돈의 은총'을 받으러 간 사람은 물론 그녀였다. 경찰의 검문을 뚫기 위해 현장에서 도주하자마자 근처에 예약해둔 비즈니스호텔로 숨어들고, 그 방에서 백이십구 알의 진주를 분해해서 표면에 가볍게 코팅 처리를 한 후, 산탄총의 탄환으로 가장해 수제품 장탄과 섞어놓았다. 그렇게 운반했기 때문에 그후에 실시된 삼엄한 검문을 통과할 수 있었던 것이다.

그날 아침, 가미스와에서 산책하던 내가 발견한 은회색 스포츠카는 그녀의 차였다. '닛타 씨'에게 계획이 성공했음을 알리고 바로 도망치라고 지시하기 위해 레이크 빌리지에 들렀던 것이다.

그리고 자신도 곧장 서쪽으로 향했다.

"난 하는 일이 있다고 했지? 가게가 있어. 고베 모토마치에."

그래서 가미스와에 잠깐 들렀다가 바로 서쪽으로 달려가기만 하면 되었다. '닛타 씨' 역시 그녀의 보고를 기다리고 있었다—

"그 근처에 사격장이 있고, 난 수렵 면허가 있거든. 그래서 그 아이디어가 바로 떠올랐지. 사와무라 씨랑 같이 살 때 나중에 필요

할 수도 있겠다는 생각에 면허를 땄는데, 실제로는 그 사람이 내게 그런 것이 필요한 상황을 만들지 않았어. 그 정도로 가까이 오지 못하게 한 거야."

그래서 그런 면에서는 항상 사토코 씨를 질투했었어—그렇게 말했다.

"그 사람이 위험한 상황에 처했을 때 곁을 지켜줄 수 있었잖아. 물론 고맙기도 해. 정말 진심으로. 사토코 씨가 없었더라면 사와무라 씨는 그때 죽었을 테니까."

애초에 '포세이돈의 은총'을 쟁탈전의 수렁에서 건져내자는 말을 꺼낸 사람도 그녀였다.

"나는 지금껏 단 한 번도 사와무라 씨에게 억지스러운 부탁을 한 적이 없어. 어리광을 부린 적이 없지. 단 한 번도. 그래서 그 사람이 오래 살지 못한다는 걸 알았을 때 생각했어. 한 번쯤은, 마지막으로 한 번쯤은 나도 철없는 소리를 해보자. 그래서 말했지, 날 위해 '포세이돈의 은총'을 구해달라고—"

돈은 필요 없다. 유품도 필요 없다. 날 위해, 나만을 위해 당신 머리를 써서 계획을 짜달라고.

"작년 가을이 끝나갈 무렵이었어. 그때 이미 사와무라 씨는 유언을 생각하고 있었지. 그리고—"

마담 아쿠아리움이 몸을 살짝 구부리고 내 눈을 들여다봤다. 향수냄새가 강해져서 순간 아찔했다.

"마사오."

이 사람이 이름을 부르기는 처음이었다. "네."

"화내지 않겠다고 약속해줄래?"

가까이서 보니 마담 아쿠아리움의 뺨이 너무나 하얗고 눈동자도 너무 깊어서 나는 어쩌면 좋을지 혼란스러워졌다. 그러자 그녀가 반복했다.

"응? 화 안 내겠다고 약속해줘."

"뭐—뭘요?"

"지금부터 내가 하는 얘기."

나는 볼썽사납게 침을 꿀꺽 삼켰고, 어떻게 할지 도와달라며 시마자키 쪽을 보려 했다. 하지만 마담이 너무 가까이서 몸을 굽히고 있어서 시마자키는 그늘에 가려져버렸다.

"네……"

달리 어쩔 수가 없어서 나는 대답했다.

"약속할게요."

"그럼, 손가락 걸자."

마담 아쿠아리움이 오른손 새끼손가락을 내밀었다.

우리는 손가락을 걸었다. 새끼손가락에는 심장과 직결되는 혈관이 있는 게 틀림없다. 그 동작으로 나와 마담 사이에 뭔가가 통했다. 마담 안에 있던 어떤 쓸쓸한 감정과, 내 안에 있었던 어떤 아이다운 감정이.

아이는 금방 어른이 되지는 않는다. 벽돌을 쌓아 탑을 세우듯이 날마다, 매시간 쌓아올린 경험이, 기쁨과 슬픔이, 아이를 어른으로 바꾸어간다. 그리고 그때 걸었던 손가락은 내가 스스로를 어른으로 바꿔가는 소중하디소중한 주춧돌이 되었다.

"사와무라 씨는 말이야."

손가락을 풀고 몸을 일으키며 마담이 조용히 말했다.

"유언장을 작성하려고 결심했을 때, 가장 먼저 너희 엄마를 떠올렸어. 사토코 씨와 했던 약속을. 그래서 그 사람을 찾았어."

"찾았다고요?"

"그래. 방법은 많으니까. 그다지 어렵지 않게 찾아낼 수 있었지."

그 부분에 관해서는 전에 시마자키와 얘기한 적이 있다. 그런 유언장을 남기는 이상 사와무라 씨는 현재 엄마의 신상을 자세하게 조사했을 게 틀림없다고.

그런데—

"한 가지만 알려주세요. 오쿠보 기요시 사건이 터졌을 때, 사와무라 씨가 엄마 걱정을 하진 않았나요? 신경을 쓰진 않았나요?"

그렇게 묻자 마담의 얼굴이 부드럽게 풀어졌다. "어머나, 어떻게 그런 것까지 알았니? 똑똑한 애들이구나."

"그럼, 그 사건과 관련해서 엄마 이름이 잘못 보도됐을 때, 사와무라 씨가—"

"걱정했지. 하지만 이사카장까지 찾아가볼 여유는 없었어. 총을 맞은 사건과 얽힌 말썽이 아직 마무리되지 않아서 선불리 움직일 수 없었거든."

"그럼?"

마담이 가느다란 집게손가락으로 자기 콧등을 가리켰다. 소녀 같은 몸짓이었다.

"내가 대신 사토코 씨가 이사카장에서 잘 지내고 있는지 확인하러 갔었어. 솔직히 말하면, 그 당시에는 굉장히 질투가 났어. 사와무라 씨가 너무 걱정했으니까. 게다가 사토코 씨는 너무 참하고 예쁜 사람이었거든."

시마자키와 나는 마주보며 눈짓으로 수긍했다. 그렇다면 우리의 추측이 완전히 어긋나진 않았던 셈이다.

"말을 끊어서 죄송해요. 사와무라 씨가 엄마를 수소문했다. 찾아냈다. 그리고요?"

이어서 마담이 해준 얘기는 전혀 예상치 못한 내용이었다.

"그리고 사토코 씨를 만났지."

잠시 머릿속이 하얘졌다. 바다가 너무 눈부셔서 현기증이 난 것 같았다.

마담 아쿠아리움의 오른손이 부드럽게 내 어깨 위로 올라왔다.

"그래. 만났단다. 물론 유증하는 돈을 받아줄지 어떨지 물어보기 위해서였어. 처음에는 전화로 먼저 연락했는데, 사토코 씨는 사와무라 씨를 또렷하게 기억하고 있었어. 그리고 사와무라 씨가 입원한 병원으로 찾아왔지."

엄마는 사와무라 씨를 만났던 것이다.

"사토코 씨는 이번 계획도, 진행될 상황도 미리 다 알고 있었어. 알고서 협력해준 거야."

내 머릿속 접수처는 너무 놀란 나머지 대뜸 창구를 닫아버렸다. 그래서 이 사실을 담은 새로운 파일은 선명한 표지를 내 쪽으로 향한 채 그 자리에 방치되어버렸다.

엄마는 사와무라 씨를 만났다.

"너는 별로 안 놀라는구나."

마담의 목소리에 나는 눈을 깜박이며, 내 안의 접수처에서 바깥세상으로 돌아왔다.

마담이 '너'라고 부른 상대는 시마자키였다. 예습을 충분히 하고 수업을 들을 때처럼, 무슨 일이 벌어지든, 선생님이 언제 지목하든 다 준비되어 있다는 듯이, 평온한 얼굴로 마담을 올려다봤다.

"네, 놀랍지 않아요."

"왜?"

"아마 그러지 않았을까—이번 일을 사토코 씨가 다 알고 있지 않았을까 생각했었거든요."

나는 다시 어질어질해서 서둘러 머릿속 접수처로 돌아갔다. 표지에 '사토코는 알고 있었다'고 적힌 사실의 파일—

안에는 무슨 내용이 쓰여 있을까?

문득 정신을 차려보니 시마자키가 내 옆에 와 있었다.

"내가 처음 그런 생각을 한 건, 너한테 비밀로 하고 사와무라 씨가 입원했던 병원에 갔을 때였어." 시마자키가 말했다.

"나한테 비밀로 하고? 병원에 갔었다고?"

시마자키가 조금 미안해하는 기색으로 고개를 끄덕였다. "말 안 해서 미안. 하지만 나 혼자 가야 사실을 더 객관적으로 볼 수 있다고 생각했어."

그때 떠올랐다. 시마자키네 아주머니가, 얘가 매일 쏘다녀서 아주 건강해 보이게 그을렸다고 말했던 것을.

그랬던 거구나……

"입이 엄청 무거워서 뭘 캐내기가 불가능한, 허점 없는 병원이었어. 몇 번을 다녀도 구체적인 건 알아낼 수 없었지. 하긴, 그 시점에서는 나도 내가 뭘 알아내고 싶은지 잘 몰랐었지만 말이야."

시마자키가 겸연쩍은 듯이 머리를 긁적였다. 마담 아쿠아리움이 미소 지으며 그를 바라보고 있었다.

"다섯번째였나, 여섯번째였나. 친절한 간호사님을 만나서 잠깐 화장실을 쓰고 싶다고 거짓말하고 병원 안으로 들어갈 수 있었지. 그런데 정문 현관에서 중정 쪽을 바라본 순간, 깜짝 놀랐어."

그곳에는 노란색 바탕에 하얀 반점이 있는 분꽃들이 활짝 피어 있었다고 한다.

우리집에 있는 분꽃이다. 엄마가 어디서 씨를 얻어다 심었고, 위클리맨션으로 이사하면서도 말라죽으면 불쌍하다며 챙겨갔었다.

엄마는 그 씨앗을 사와무라 씨가 있던 병원에서 얻어온 것이다.

"그리고—" 시마자키가 말을 이었다. "사건의 경과를 생각해보면, 아무리 봐도 사토코 씨가 모든 걸 알고 있었고, 문제의 그 '닛타 씨' 일당에게 협조했다고 볼 수밖에 없었어."

"우리 행동을 지켜봐서?"

"응. 내 말이 맞잖아? 너한테도 사토코 씨한테도 전혀 안 들키고 유괴한다는 건 굉장히 위험한 방법이야. 우디하우스에 하룻밤 묵었을 때도, '닛타 씨'가 마에카와 선생님 사무실에 전화를 거는 척할 때 사토코 씨가 '잠깐 바꿔줘요. 나도 인사할게요'라고 나서지 않으리란 보장은 없어. 만약 그런 상황이 벌어지면 잘 둘러대서 사토코 씨를 속여야 하지. 조금이라도 수상쩍게 보였다간 사토코 씨가 '닛타 씨' 몰래 도쿄의 마에카와 사무실로 전화를 걸 텐데, 그럼 모든 게 끝장이야. 너무 위험하잖아."

지금 돌이켜보니 지당한 말이었다.

나는 마담의 눈을 올려다봤다.

"그래서, 얘기를 들은 엄마는 어떻게 했나요?"

대답하기 전에 또하나 덧붙였다.

"가장 이해가 안 되는 건 엄마가 이런 계획에 가담해서 무슨 이득을 보느냐는 거예요. 엄마는 뭣 때문에 이런 유괴 놀이에 협조한 거죠?"

마담 아쿠아리움은 양손을 모아 깍지 끼더니 고개를 살짝 갸웃했다.

"사와무라 씨에게 유증 이야기를 들은 사토코 씨는 몹시 슬픈 표정을 지었어."

"슬픈 표정?"

"그래. 그 사람이 결혼해서 행복하게 잘살고 있다고 믿었던 나랑 사와무라 씨는 굉장히 놀랐지. 그래서 자세한 사정을 들어보니—"

지금 큰돈을 받는다면 나는 틀림없이 이혼하게 될 거다—엄마는 그렇게 말했다고 한다.

"남편의 외도로 오래전부터 고통받고 있다. 몇 번이고 헤어지려고 마음먹었지만 그러지 못했다. 왜 이렇게 됐는지 이해할 수 없어 화가 난다고. 생계 걱정이 사라지면 남편은 분명 나를 버리고 떠날 거예요. 반대로 돈이 생겼다고 남편이 갑자기 다정하게 대해줘도 그건 그것대로 비참하겠죠…… 사토코 씨는 그렇게 말했어."

그러니 돈은 받을 수 없어요. 마음만으로 충분해요—

"사토코 씨가 돌아간 후, 난 생각했지. 생각하고 또 생각했어."

그때는 이미 '포세이돈의 은총'을 손에 넣기 위한 계획이 세워진 상태였다고 한다. 우디하우스와 빛의 집 사람들을 이용하는 것도 결정돼 있었다.

"빛의 집은 내가 예전에 기부한 적이 있어서 알고 있었어."

그러나 그 계획에서 오억 엔을 유증받아 유괴극의 표적이 되는 가족은 당연히 우리가 아니었다. 다른 가족으로 예정되어 있었던 것이다.

"사와무라 씨는 사토코 씨에게 일정 금액을 유증한 후, 나머지를 그 가족한테 남겨서 소동을 일으킬 계획을 세웠어. 그 가족은 사와무라 씨의 계획에 휘말려도 어쩔 수 없는—그런 보복을 당할 만한 입장이었던 사람들이지. 이름을 밝힐 순 없지만. 내가 하는 말, 이해하겠니?"

"네, 이해해요."

"그런데 사토코 씨의 이야기를 들은 후, 난 생각했어. 아니다, 오히려 이번 유괴극에 사토코 씨의 협조를 얻는 게 좋겠다고."

그래서 먼저 사와무라 씨에게 그 얘기를 했다.

"그는 내키지 않는다고 했어. 그렇게까지 할 수는 없다고. 하지만 그 사람은 남자고, 나는 여자야. 사토코 씨의 심정은 내가 더 잘 알았지. 그래서 사토코 씨에게 다시 한번 와달라고 해서 얘기를 해봤어. 부탁해본 거야."

—사토코 씨, 큰 도박을 해서 남편의 마음이 실은 어디에 있는지 시험해보지 않을래요?

"그리고 사토코 씨는 그 제안을 받아들였어. 만약 아이가 유괴 당하면, 남편은 어떻게 나올까? 그걸 내 눈으로 확인해보자. 그 사람이 나와 아이와 셋이서 꾸린 가정을 더는 아무 상관 없다고 여기는지, 그 사람의 마음이 정말로 나한테서 떠나버렸는지, 확인할 수 있는 처음이자 마지막 기회다—하면서 말이야."

마담 아쿠아리움의 조용한 목소리가 마음속 깊이 스며들었다. 내 머릿속의 접수처는 작은 창구를 열고, '사토코는 알고 있었다'는 파일을 읽고 있었다.

"그래도 사와무라 씨는 반대했어. 사토코 씨는 괜찮더라도 마사오에게 상처를 줄 거라면서. 그랬더니 사토코 씨가 말했지. 아니요, 그냥 하게 해주세요. 이대로 놔둬도 마사오는 어차피 상처받을 거예요. 똑같이 상처받을 거라면 조금이라도 적극적인 편이 나아요, 라면서."

엄마는 모든 것을 알고 있었다. 알면서도 경찰서에서까지 시종일관 시치미를 떼며 모든 것을 걸었던 것이다.

나는 어느새 입가를 올리며 웃고 있었다. 그리고 생각했다.

이 얼마나 엄청난 도박인가. 엄마는 실로 위험천만한 도박을 했다.

사와무라 나오아키는 역시 마지막 순간까지 투기꾼이었다. 그것을 잊어서는 안 된다. 그는 뼛속까지 투기꾼이었다.

그렇지만 그의 마지막 도박을 그를 대신해 해치운 사람은 다름 아닌 우리 엄마였다. 거기에 걸었던 건 돈이 아니었다. 언젠가 시마자키가 했던 말처럼, 사와무라 나오아키라는 남자의 존재 자체도 아니었다.

우리 아빠였다.

오가타 유키오의 마음이었다.

"사전 준비를 마친 후에 마에카와 선생님께 부탁했어. 그래서—"

선생님이 우리집을 찾아온 순간부터 엄마의 도박은 이미 시작된 것이다. 그러니 아빠가 다쳤다는 말을 들었을 때 그토록 이성을 잃고 당황한 것도 무리가 아니었다.

"아까 한 약속, 잊지 마. 사토코 씨한테 화내면 안 돼."

마담 아쿠아리움이 다정하게 말했다.

"어떤 부모든 자식한테 평생 말할 수 없는 비밀이 하나쯤은 있기 마련이란다."

그렇지. 그래서 난 화 안 냈어, 엄마.

린카이공원 출구에서 우리와 헤어질 때, 마담 아쿠아리움은 명함 두 장을 꺼내 뒷면에 뭐라고 쓰더니 시마자키와 나에게 한 장씩 건넸다.

"난 디자이너야. 옷은 물론이고, 보석 디자인도 해."

미소 지으며 우리를 번갈아 보았다.

"앞으로 몰라보게 쑥쑥 자라겠지. 둘 다 어른이 된 후에 결혼하고 싶은 사람이 생기면, 그 명함을 들고 날 찾아오렴. 그날을 위해

'포세이돈의 은총' 진주를 한 알씩 빼뒀다가 반지를 만들어줄게."

명함 뒷면에는 '보관증/최고급 흑진주 한 알/훗날의 기념반지를 위해'라고 쓰여 있었다.

"'포세이돈의 은총'처럼 허울좋기만 하고 불길한 액세서리는 사라지는 게 좋아. 내가 전부 다시 만들어서 세상으로 내보내려고 해. 그게 남은 내 삶의 보람일 거야."

마담 아쿠아리움이 은회색 스포츠카에 올라탔다. 차창을 내리고 한 손을 내밀어 우리 손을 가볍게 잡았다.

그때 갑자기 무언가가 내 머릿속을 번쩍 스쳤다. 아무런 맥락도 없이, 그러나 강한 확신과 함께. 다무라 경위님이 했던 수수께끼 같은 말이.

'네가 봤던 유령은 사와무라 나오아키인 편이 오히려 낫지. 그래야 앞뒤가 맞거든.'

'세상에 오롯이 홀로 살아갈 수 있는 사람은 없어.'

차창 틀에 손을 얹고 내가 말했다.

"또 한 사람—나랑 엄마와 함께 다녔던 그 젊은 남자는—"

마담 아쿠아리움이 나를 올려다보았다.

"아주머니와 사와무라 씨의 아들 아닌가요?"

그녀가 빙그레 웃었다. 마음의 창에 지금껏 드리워져 있던 얇은 커튼의 마지막 한 장이 시원한 소리와 함께 걷힌 기분이 들었다.

"그 아이는 내 아들이야. 내가 나만의 의지로 낳은 아이고, 호적

상으로도 나만의 아들이지. 자주 만나진 못해. 거의 외국에 살다시피 해서."

그리고 시동을 걸고 운전대에 손을 얹은 후 나지막하게 말했다.

"그런데 해가 갈수록 아빠를 닮아간단다."

차가 천천히 움직이기 시작했다. 마담 아쿠아리움은 이제 돌아보지 않았고, 우리를 보려고도 하지 않았다.

차가 시야에서 사라진 후 시마자키가 내 어깨를 가볍게 두드렸다. 내가 물었다.

"그날 밤, 내가 우디하우스에서 본 사와무라 씨의 환영은—"

시마자키가 고개를 끄덕였다. "응, 맞아. 그의 아들이었어. '닛타 씨'였지."

"알고 있었어?"

"추측이야."

나는 큰 소리로 웃고 싶어졌다. 하지만 소리 내어 웃으면 지금 가슴속을 가득 채운 행복한 기분이 날아가버릴 것 같아서, 그게 아까워서 꾹 참았다.

먼지 낀 주차장에 서서, 시마자키가 나지막하게 중얼거린 말을 나는 지금도 생생히 기억한다.

"저렇게 '가정'을 만드는 방법도 있구나."

그후로 마담 아쿠아리움을 만난 적은 없다. 그러나 분명 흑진주를 다듬어 새롭게 탄생시키고 있을 것이다.

그러니 이 글을 읽은 당신도 언젠가 어디선가, 때로는 요염하게, 때로는 청초하게, 때로는 깊은 애수를 머금고 빛나는 흑진주 액세서리를 발견하게 될지도 모른다……

지금도 달이 뜬 밤이면 이따금 떠올린다. 달이 환하게 빛날수록 그 빛에 이끌리듯 그날 밤의 기억이 되살아난다.

나는 생각한다. 이제 두 번 다시 만날 수 없는 사람과 끝내 한 번도 만날 수 없었던 사람을. 그리고 다시 만날 약속을 한 사람을.

그렇다, 나는 언젠가 흑진주 반지를 받기 위해 그 사람을 만나러 갈 것이다. 그리고 역시 이렇게 환한 달빛 아래에서 내 여자친구 손가락에 끼워주며 이 이야기를 해줄 것이다.

나에게 가르침을 준 사람의 이야기를. 가장 빨리 달린다고 반드시 이기는 것은 아니고, 이긴 것처럼 보여도 반드시 승자는 아니라는 것을. 내기를 할 만한 가치가 있는지 없는지 확인하기 위해서는 역시 뭔가를 걸어야만 한다는 것을.

언젠가 반드시, 이렇게, 달빛이 가슴 시릴 만큼 아름답게 비추는 밤에—

이것은 그때를 위해 간직해둔 이야기다.

지은이 **미야베 미유키**

1987년 단편 「우리 이웃의 범죄」로 올요미모노 추리소설 신인상을 수상하며 데뷔했다. 1993년 『화차』로 야마모토 슈고로 상, 1999년 『이유』로 나오키 상, 『모방범』으로 2001년 마이니치 출판문화상 특별상과 시바 료타로 상, 예술선장 문부과학대신상 등을 수상했다. 그 외의 작품으로 『영웅의 서』 『낙원』 『솔로몬의 위증』 등이 있다.

옮긴이 **이영미**

아주대학교 국문과를 졸업하고, 일본 와세다대학 대학원 문학연구과 석사 과정을 수료했다. 2009년 『악인』과 『캐러멜팝콘』으로 보라나비 저작·번역상의 첫 번역상을 수상했다. 옮긴 책으로 『공중그네』 『약속된 장소에서』 『화차』 『솔로몬의 위증』 『결괴』 『꿈에도 생각하지 않아』 등이 있다.

문학동네 세계문학

오늘밤은 잠들 수 없어

초판 인쇄 2022년 1월 6일 | 초판 발행 2022년 1월 20일

지은이 미야베 미유키 | 옮긴이 이영미
기획 · 책임편집 양수현 | 편집 김경미 황문정
디자인 고은이 유현아 | 저작권 박지영 이영은 김하림
마케팅 정민호 정진아 김혜연 정유선 | 홍보 김희숙 함유지 이소정 이미희
제작 강신은 김동욱 임현식 | 제작처 한영문화사(인쇄) 경일제책사(제본)

펴낸곳 (주)문학동네 | 펴낸이 김소영
출판등록 1993년 10월 22일 제406-2003-000045호
주소 10881 경기도 파주시 회동길 210
전자우편 editor@munhak.com | 대표전화 031) 955-8888 | 팩스 031) 955-8855
문의전화 031) 955-8896(마케팅) 031) 955-2684(편집)
문학동네카페 http://cafe.naver.com/mhdn | 트위터 @munhakdongne
북클럽문학동네 http://bookclubmunhak.com

ISBN 978-89-546-8465-1 03830

www.munhak.com

